Deseo

TRENT
Lujo y seducción

CHARLENE SANDS

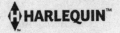
HARLEQUIN™

Editado por Harlequin Ibérica.
Una división de HarperCollins Ibérica, S.A.
Núñez de Balboa, 56
28001 Madrid

© 2008 Charlene Swink
© 2016 Harlequin Ibérica, una división de HarperCollins Ibérica, S.A.
Lujo y seducción, n.º 8 - 24.8.16
Título original: Five-Star Cowboy
Publicada originalmente por Silhouette® Books.
Este título fue publicado originalmente en español en 2009

I.S.B.N.: 978-84-687-8271-3
Depósito legal: M-16316-2016
Impresión en CPI (Barcelona)
Fecha impresion para Argentina: 20.2.17
Distribuidor exclusivo para España: LOGISTA
Distribuidores para México: CODIPLYRSA y Despacho Flores
Distribuidores para Argentina: Interior, DGP, S.A. Alvarado 2118.
Cap. Fed./Buenos Aires y Gran Buenos Aires, VACCARO HNOS.

Capítulo Uno

–Ahí está mi mejor empleada –Trent Tyler sonrió al salir por la amplia puerta del hotel.

Julia Lowell ya había sucumbido al encanto de su voz. Le parecía increíblemente sexy y también le parecía increíble que aquel enorme hotel fuera de su propiedad.

La joven se apoyó contra la limusina que la había llevado hasta Crimson Canyon. Allí estaba Trent, después de tanto tiempo. Él se había convertido en su jefe y ya no podría volver a pensar en él como el hombre que despertaba todos sus sentidos.

Trent fue hacia ella con paso desenfadado. Llevaba unos vaqueros, una camisa negra y un cinturón cuya hebilla reflejaba la luz del atardecer de Arizona. Se tocó el ala del sombrero vaquero a modo de saludo.

–Vamos a necesitar un milagro, Trent.

–Yo confío en ti. Tú podrás con ello –se volvió hacia el conductor de la limusina–. Kirby, lleva las cosas de la señorita Lowell a su habitación.

–Enseguida, señor Tyler.

En cuanto el conductor se llevó el equipaje, Julia miró aquellos ojos oscuros y recordó que la relación se había vuelto profesional. Ella misma le había entregado el currículum en persona. Para que él la contratara había sido suficiente con una licenciatura en Empresariales y un trabajo en una empresa de marketing de Los Ángeles a modo de referencias. Ella era la mejor amiga de Laney, y eso la convertía en una persona de confianza o, por lo menos, eso le había dicho al hacerle la entrevista.

Se habían conocido meses antes, cuando Laney se había casado con el hermano de Trent, Evan. La química había surgido enseguida. El apuesto texano había llamado la atención de Julia desde el primer momento y habían vivido un tórrido romance de fin de semana, pero… Nunca había vuelto a saber de él.

Hasta hacía quince días. Él se había presentado en su casa de Los Ángeles con flores, una botella de champán y una disculpa por no haberla llamado.

Trent había esbozado una sonrisa pícara.

—Estás espléndida.

Julia se habría sonrojado si su tez no hubiera sido tan morena. ¿Cómo habría podido olvidar aquellas noches de pasión en brazos de Trent? Aquella aventura la había consumido en una hoguera de deseo. Jamás habría podido olvidar cómo susurraba su nombre antes de llevarla al cielo.

Durante las últimas semanas se había cuestionado su decisión de aceptar el empleo una docena de veces. Trent era el típico soltero empedernido y estaba metido de lleno en su proyecto. Le había dejado muy claro que no estaba interesado en tener una relación. El hotel Tempest West era la única prioridad que consumía todo su tiempo y energía. Sin embargo, cada vez que estaban juntos les resultaba difícil mantener las manos quietas.

Su amiga Laney siempre le decía que una mujer de verdad podía seducir a cualquier hombre, y que Evan y ella eran la prueba viviente. Julia tenía miedo de haberse enamorado. Trent la turbaba en todos los sentidos y, cada vez que lo miraba, pensaba en vivir a su lado hasta el fin de los días.

Trent tiró de ella y le puso las manos en la cintura, sacándola de sus pensamientos. El ala del sombrero texano no la dejaba verle los ojos.

—Me alegro de verte.

Julia respiró hondo y le puso las manos en el pecho. En cuanto palpó el potente pectoral a través de la camisa, le fallaron las fuerzas.

Trent sonrió y se inclinó para besarla.

Ella observó cómo se acercaban sus labios antes de sentir el roce sutil. Una avalancha de sensaciones le recorrió las entrañas. Fue un beso fugaz, pero los vestigios de sus caricias no desaparecieron.

—Quizá deberíamos… —le dijo ella, incapaz de mirarlo a los ojos—. Poner algunas reglas, Trent.

—Me parece bien —le rodeó la cintura con el brazo y la condujo hacia la puerta de entrada—. Te llevaré a tu habitación para que te pongas cómoda. Dentro de una hora cenamos y hablamos.

Julia lo miró de reojo. ¿Así de fácil?

—De acuerdo —le dijo, decepcionada y aliviada.

Trent se entregaba a su trabajo en el hotel con la misma energía que hacía todo lo demás, siempre al cien por cien. Era estricto y tenaz cuando era necesario, e inflexible cuando creía tener razón; sobre todo cuando se trataba del Tempest West. Siempre había sabido que lo convertiría en un negocio de éxito. A diferencia de su hermano Evan, él no se dejaba amedrentar por las grandes ciudades, ni tampoco tenía reparos en codearse con la elite como Brock, la parte animal de los hermanos Tyler.

Aquella promesa había salido de sus labios con facilidad:

–El Tempest West nos dará más dinero que cualquiera de los hoteles Tempest en el primer año…

Brock, que nunca había rechazado un reto, había escuchado sus palabras sin pestañear. Tenía previsto abrir otro hotel en Maui e Evan iba a supervisarlo todo. Todavía seguían comportándose como niños. Aún eran dos chavales testarudos que competían y el hermano mayor se encargaba de asegurar el juego limpio. No obstante, tanto Evan como Brock pensaban que Trent no tenía ni la más mínima oportunidad de ganar.

El Tempest West era un hotel rural con toques del Oeste y una clientela muy distinta a la de los sofisticados hoteles de la cadena. Trent había invertido todo su dinero en el hotel de sus sueños y había puesto su corazón en él. Su reputación y su orgullo estaban en juego.

El hotel había abierto sus puertas con éxito, pero unos meses después la ocupación había caído y los beneficios eran mínimos. Trent se había visto obligado a despedir al director de marketing.

Necesitaba a alguien con una nueva perspectiva. Necesitaba a Julia Lowell.

Y había hecho todo lo posible por que aceptara la oferta.

Con el brazo alrededor de su cintura, la llevó hasta la recepción del hotel.

—Este es mi lugar favorito dentro del hotel.

Julia miró a su alrededor, impresionada.

—Las fotos del catálogo no le hacen justicia. Esto es increíble, Trent.

—«Increíble» es una buena de forma de describirlo.

Él nunca había escatimado en gastos para que el atardecer de ensueño de Crimson Canyon inundara la recepción del hotel. Enormes ventanales abarcaban toda la pared oeste, capturando lo mejor del paisaje exterior. Las majestuosas montañas ocultaban parte del sol de poniente y un halo de oro teñía las tierras de Trent.

Él le puso una mano en el hombro y señaló con la otra.

—¿Ves ese mar azul? Es Destiny Lake. Hay una leyenda sobre él. Algún día te la contaré.

—Trent, esto es magnífico. Has metido el Oeste aquí dentro, con el mobiliario y las enormes chimeneas. No parece la recepción de un hotel, sino un acogedor lugar de encuentro.

Trent le apretó el hombro.

—Quiero enseñártelo todo: las tierras, el lago, los establos… Hay una barraca moderna, donde duermen los vaqueros. Mañana iremos de visita turística.

La sonrisa satisfecha de Julia le hizo sentir un latigazo de deseo. En una ocasión ella había sonreído de esa forma antes de caer en sus brazos tras un orgasmo arrollador.

Tenía un cuerpo esbelto, unas piernas de infarto, el

cabello castaño y unos ojos verdes que quitaban el sentido. Pero ella era mucho más que eso. Aquellas noches de sexo habían sido las mejores de su vida. Cuando estaban cerca el uno del otro, se producía una explosión de pura dinamita.

Trent sintió una punzada de culpa. Había usado todas sus armas para que aceptara el empleo, pero no podía decirle la verdad sin poner en peligro el futuro del hotel. Siempre y cuando no averiguara que él la había hecho perder el contrato con los restaurantes Bridges de Nueva York, estaría a salvo. Estaba dispuesto a hacer cualquier cosa para ocultarle aquella flagrante manipulación. Tenía que impedir que lo supiera.

La quería en la dirección del hotel, y también en su cama. Ella era capaz de subir la ocupación y podía ayudarlo a demostrar que el Tempest West estaba a la altura de los otros hoteles. Además, así podrían saciar la sed que sentían el uno por el otro.

—Vendré a buscarte dentro de una hora para la cena —le dijo de camino al ascensor que la llevaría a una pequeña suite en el tercer piso.

Se sacó una tarjeta del bolsillo y la puso sobre la palma de la mano de Julia. Sus dedos rozaron los de ella fugazmente.

—Entraría contigo, pero si lo hago no tendrás el descanso que te mereces.

Ella sacudió la cabeza.

—Trent...

Él la soltó y recorrió sus largas piernas con la vista hasta llegar a las sandalias rojas que llevaba puestas.

En una ocasión le había pedido que se lo quitara

todo, excepto esos zapatos tan sexys, y entonces le había hecho el amor.

–Los llevas.

Julia parpadeó.

–Hacen juego con el vestido –dijo ella.

Él esbozó una sonrisa.

–Claro. Tú tienes mucho gusto para vestir.

Julia se quitó las sandalias en cuanto entró en la habitación. Respiró profundamente y ahuyentó los recuerdos que los zapatos evocaban. Fue hacia el hermoso arreglo floral que la esperaba sobre la mesa del salón y leyó la tarjeta.

Aquella suite confirmaba todas sus expectativas sobre el Tempest West. El hotel era rústico, pero tenía clase y estilo. Era lujoso y discreto al mismo tiempo; simple pero elegante. Trent no había escatimado en gastos y estaba muy orgulloso de la decoración, de las vistas y del inteligente uso de los espacios.

Fue hacia el ventanal y contempló las vistas. El hotel no tenía más que tres pisos, pero su atractivo principal consistía en hileras de suites adosadas que se extendían desde la estructura principal formando una herradura.

–Te has superado a ti mismo, Trent –murmuró, con un atisbo de sonrisa en los labios.

Él lo hacía todo con entusiasmo, entregándose a fondo.

Entró en el amplio dormitorio y abrió la maleta. Metió la ropa informal en los cajones y colgó las prendas de trabajo en el armario. Después fue hacia la puerta de roble que conducía a un balcón privado y tomó el teléfono móvil.

Su padre contestó después del segundo timbrazo.

—Es estupendo, cielo. Me alegro de que me hayas llamado.

Julia ya no era una niña, pero siempre escuchaba los buenos consejos de su padre. Su madre había muerto dos años antes y él estaba muy solo.

Siempre habían estado muy unidos, y su padre había sentido un gran alivio al saber que no iba a marcharse a Nueva York. Ella, en cambio, se había llevado una gran decepción al perder el contrato con esa cadena de restaurantes.

Unos días después de sufrir aquel golpe Trent se había presentado en su casa con una disculpa. Las flores, el champán y una noche de pasión en sus brazos habían sido suficiente para que aceptara el empleo en el hotel.

El vaquero le había hecho una oferta que era difícil de rechazar, y no había tenido más remedio que decirle a su padre que se iba a Arizona.

—Bueno, ¿cómo es el Tempest West?

—Papá, es impresionante. Este lugar tiene muchísimas posibilidades. Creo que podré ayudar a Trent y juntos lo convertiremos en el destino turístico favorito de la elite.

—No me cabe duda. Te pareces a mí.

Ella soltó una carcajada al recordar el éxito de su padre en el sector bancario. A él se le daban bien los negocios y ella había salido a él.

–Ya lo sé. Tú me has dado el ingenio y yo voy a usarlo en este proyecto.

–Esa es mi chica.

Tras hablar con su padre, Julia se quitó la ropa y se dio una ducha rápida. Unos minutos después, se puso una bata que había sacado del armario y disfrutó del suave tacto del algodón sobre la piel.

Entonces se dejó caer en la mullida cama con dosel y se echó una siesta antes de la cena.

–Julia, soy Trent. ¿Estás ahí?

Julia se levantó, desorientada al oír la voz de Trent. Las horas volaban.

–Sí, sí. Estoy aquí, Trent –dijo, anudándose la bata de camino a la puerta.

Quitó el pestillo y la abrió unos centímetros.

–Lo siento. Me eché una siesta y perdí la noción del tiempo.

–¿Puedo pasar?

–No me he vestido. Te veré en…

–Julia, déjame entrar.

–¿Es una orden del jefe?

–Si es necesario, sí.

Aquellas palabras dulces con un ligero tono sureño la derritieron de inmediato. Se apartó de la puerta y le dejó entrar.

Consciente de que no llevaba nada debajo, Julia se sintió incómoda con aquella bata. Trent, en cambio, parecía estar a sus anchas con unos vaqueros negros, una camisa blanca, botas pulidas y una sonrisa de anuncio.

Sobre la mesa había un ramo de lilas. La tarjeta decía «Haremos grandes cosas juntos».

—Tienes buen gusto para las flores –dijo ella.

Trent volvió a sonreír.

—También sé atarme los cordones de los zapatos.

—Tienes mucho talento.

Él arqueó una ceja y la devoró con la mirada.

—Sabes que sí.

El calor que recorría el cuerpo de Julia se convirtió en un torrente de lava. Siempre había sido así con Trent. Incluso la conversación más sencilla adquiría dobles sentidos. Y esas insinuaciones solían acabar en una noche de pasión.

—Será mejor que me vista –dijo ella, dándose la vuelta.

Trent la agarró del cinturón de la bata, que se soltó fácilmente. Se paró detrás de ella y sus manos encontraron la abertura. Le acarició el vientre suavemente.

—Mmm. Lo sabía.

—Trent…

—No llevas nada debajo de la bata, Julia. Y estás en mis brazos –le dijo, besándola en el cuello.

Julia se dejó acariciar, consciente de la ola de fuego que la abrasaba por dentro. Él deslizó las manos hacia arriba, hasta toparse con sus pechos.

—Ahora trabajo para ti –le dijo ella.

—No estamos en horas de trabajo.

—Pero no me parece correcto.

Una risotada escapó de los labios de Trent.

—No me mientas.

Sí… Le había mentido. Lo deseaba con todas sus

fuerzas, pero también se había engañado a sí misma. Ella quería más de Trent; quería lo que tenían Evan y Laney. Quería amor verdadero y tener una familia. Se había encerrado en su profesión, pero era demasiado romántica como para no anhelar un futuro con un hombre que la amara incondicionalmente. Ya había cometido un error con un compañero de Powers International. Había estado a punto de perder su trabajo y su reputación con un hombre ansioso de poder que la había utilizado. Había superado lo de Terry Baker, pero el dolor de la traición no había desaparecido. Por fin tenía su propia empresa, Lowell Strategies, pero su reputación seguía en la cuerda floja. Y también su corazón.

Trent le abrió la bata un poco más y le acarició los pechos y las caderas, deslizando los dedos arriba y abajo como un experto guitarrista tocando una erótica melodía.

—Puedes apartarte y vestirte —le susurró al oído—. O dejar que te quite esta bata.

A Julia se le estaban acabando las excusas.

—Tenemos que hablar del hotel.

Trent había dejado claro lo importante que el nuevo proyecto era para él. La había llamado de inmediato para que empezara a trabajar en la nueva campaña de promoción del Tempest West.

—Lo haremos. Después…

Puso los labios en el cuello de Julia y ella sintió un cosquilleo delicioso. Trent era el mejor seductor y, aunque sabía lo que significaba ese «después», no podía negarse.

De pronto sonó el móvil de Trent, que masculló un juramento.

–Maldita sea. Tengo que contestar –le dijo, apartándose.

Julia suspiró, aliviada, y fue hacia el dormitorio. Cerró la puerta, pasó el pestillo y se recostó contra la pared, respirando profundamente una y otra vez.

Entonces se quitó la bata y se vistió rápidamente. No podía enamorarse del jefe.

Capítulo Dos

–Te escapaste –dijo Trent con una sonrisa, y le sirvió una copa de champán.

Julia contempló las burbujas de la bebida dorada. Mientras Trent hablaba por teléfono ella se había enfundado en un vestido negro muy conservador, acorde con el maletín de trabajo que llevaba en la mano.

Entonces Trent la había llevado a un salón privado dentro del restaurante principal, el Canyon Room.

–Era necesario… No quería gastar las fuerzas nada más llegar.

–Bueno, entonces… debería asegurarme de que te alimentas bien.

Sus miradas se encontraron durante un instante y entonces él levantó la copa.

–Por ti, Julia. Gracias por venir y echarme una mano.

Ella sonrió y chocó su copa.

–Todavía no he hecho nada.

Bebió un sorbo de champán y saboreó el frío líquido efervescente.

–Pero lo harás. He mirado tu currículum. En menos de un año transformaste el Fitness Fanatics Gym. Aquel negocio estaba muerto. Allí solo iban culturistas adictos y levantadores de peso profesionales. Ahora está enfocado a toda la familia. Los padres llevan a sus hijos. Los niños aprenden a comer bien y a mantenerse en forma. El programa de Fit Fans para niños es genial.

Julia aceptó los cumplidos con modestia. Había trabajado muy duro en esos proyectos.

–Gracias. Todavía no me puedo creer lo bien que salió todo. El proyecto superó todas mis expectativas –inclinó la cabeza y miró a Trent fijamente–. ¿Comprobaste mi currículum?

–Muchas veces, y siempre has superado mis expectativas.

Julia se derritió al ver cómo le brillaban los ojos al hablar de ello. Le dio otro sorbo al champán y recordó cómo la habían tocado sus suaves manos unos minutos antes.

Trent era una fuerza incontrolable para ella.

–Sabes que no me refería a eso.

Él sonrió antes de beber un poco de champán.

–Lo sé, pero también sé que estamos muy bien juntos. No he estado con otra mujer desde que nos conocimos.

Julia tragó en seco y se aclaró la garganta. Jamás habían hablado de compromiso. Habían tenido una aventura que seguía dando coletazos, pero ella sabía que Trent nunca iba en serio. Él jamás le había prometido la exclusiva, pero aun así resultaba sorprendente que no hubiera estado con otras mujeres. Además, parecía querer retomarlo donde lo habían dejado la otra vez.

–Yo tampoco… he estado con otros hombres.

¿Cómo iba a hacerlo? Nunca había encontrado a nadie mejor que Trent Tyler, ni en la cama ni fuera de ella.

–De acuerdo, siempre y cuando lo tengamos claro.

Su expresión decía que se alegraba tanto como ella.

Julia se acomodó en la silla y cambió de tema.

–¿Has hablado con Evan últimamente?

–No. Supongo que está en otro mundo con lo del bebé.

Evan era el marido perfecto, tierno, cariñoso y paternal. Julia envidiaba mucho a Laney y esperaba encontrar esa clase de amor algún día.

–Así es. Los voy a sorprender a los dos con una fiesta premamá. Laney sabe que le voy a hacer una fiesta, pero cree que faltan muchos meses todavía. Vas a tener que darme algo de tiempo libre para los preparativos.

Trent consideró la petición y entonces se encogió de hombros.

–¿Por qué no la haces aquí?

–¿Aquí? –Julia parpadeó–. ¿Aquí, en el Tempest West?

–Eso es. Primero, no puedo prescindir de ti por mucho tiempo. Segundo, la familia todavía no ha visto el hotel terminado. Había pensado invitarlos pronto. Tercero, puedo hacer que los recoja el jet de la empresa. Cuarto, te será más fácil prepararlo todo.

–Y tú estás empeñado en facilitarme las cosas, ¿no?

Trent esbozó una sonrisa franca y un hoyuelo increíblemente sexy se le formó en la mejilla derecha.

–Así es. Me gusta que mis empleados estén contentos.

Julia pensó en ello un momento.

–Quería hacerlo yo, Trent. Le prometí a Laney que le haría una fiesta en cuanto se quedó embarazada.

Trent levantó las manos y se rindió con un gesto.

–No voy a meterme en nada. Usa el hotel como te parezca.

–Me gustaría pagártelo.

Los labios de Trent dibujaron una sonrisa pícara.

–Ya veremos.

Julia se echó a reír.

–Eres imposible. Lo sabes, ¿no?

Él se encogió de hombros.

–¿Cuántos invitados tienes en mente?

Julia hizo un cálculo mental.

–Unos cuarenta.

Trent asintió.

–Muy bien.

–En realidad, es muy buena idea, Trent –miró por la ventana. Miles de estrellas iluminaban el cielo y arrojaban un cálido halo de luz sobre la tierra. Los ruidos de la noche agitaban la quietud de la oscuridad y un manto de plata cubría las aguas del lago.

–A Laney le encantará este lugar.

Trent se recostó en el respaldo de la silla.

–Problema resuelto.

–Siguiente punto –se puso el maletín en el regazo y sacó una carpeta llena de apuntes–. He traído algunas ideas. Podemos hablar de ellas durante la cena.

–Suena bien. Estoy deseando arreglar las cosas y tú eres la persona indicada. Haz uno de tus milagros.

«Ojalá», pensó Julia, preguntándose si haría falta un milagro para que él la viera como algo más que la salvadora del hotel y compañera de cama.

Pero primero tenía que hacer su trabajo.

Después de la cena, Trent le presentó al personal y le enseñó las instalaciones. Una vez hubo contestado a todas sus preguntas profesionales, la llevó a dar un paseo por los alrededores.

–Me alegro de que estés aquí, Julia. Necesitamos ideas frescas –le dijo, tomándola de la mano. Acababan de pasar el jardín y se alejaban de las luces.

–No estaría aquí si no te hubieras presentado en Los Ángeles cuando lo hiciste.

–Un poco de suerte y un buen plan –dijo él, restándole importancia. No quería tener esa conversación con ella.

–Yo puse toda la carne en el asador. Cuando perdí el contrato con Bridges, me quedé destrozada. La confianza en mí misma se tambaleó. De verdad creía que había conseguido ese empleo.

Trent se detuvo. Le puso las manos en las caderas a Julia y tiró de ella. Necesitaba cambiar de tema y distraerla era una buena idea.

–No mires atrás, Julia. Ellos perdieron y yo he ganado.

Cuando ella estaba en Los Ángeles, a miles de kilómetros de distancia, había conseguido sacarla de su mente, pero estando tan cerca se volvía irresistible.

La miró fijamente y se dispuso a besarla.

–Trent –dijo ella, y se echó hacia atrás–. No es buena idea. Tenemos que poner algunas reglas. No puedo dejar que los empleados vean…

Trent miró a su alrededor.

–No hay nadie. Y mejor será que no se atrevan a decirte nada.

–Alguien podría salir en cualquier momento. No me preocupa lo que me puedan decir, pero necesito ganarme su respeto. Dudo mucho que me respeten si creen que soy tu última conquista.

Trent sonrió.

–¿Mi última conquista?

Incómoda, Julia agitó los brazos.

–O lo que sea. Vamos a tener que trabajar juntos.

Trent se apartó y apoyó las manos en las caderas, rindiéndose.

–De acuerdo. Está bien.

–Gracias –ella asintió con la cabeza, sorprendida de que hubiera cedido tan pronto–. De hecho, me alegro de que hayas aceptado sin discutir, porque tú y yo… No podríamos… Eh… –le miró los labios–. No seríamos capaces de hacer el trabajo… Quiero decir… Yo no trabajo así… –comenzó a hablar más despacio, sin dejar de mirarle los labios–. Yo, eh… Tenemos que mantener la distancia profesional –lo miró con una expresión de deseo desesperado.

Trent la conocía lo bastante como para saber que lo deseaba, y el sentimiento era mutuo.

–De acuerdo –la agarró de la mano y echó a andar–. Vamos. Tenemos que hablar de esto en privado.

–¿Adónde me llevas?

–A algún sitio donde los empleados no vean nada.

–Pero no se trata de eso.

Trent no se lo creía.

–Se trata de eso precisamente. Tú quieres lo mismo que yo. Y yo voy a hacer que ambos tengamos lo que queremos.

Trent comenzó a caminar en dirección hacia la cabaña más alejada. Julia iba detrás de él.

Abrió la puerta y la invitó a entrar. Julia se quedó a su lado. Su aliento entrecortado le acariciaba la cara.

Un ligero aroma a gardenias llenaba la estancia.

–Estabas a punto de convencerme hasta que empezaste a hablar de la distancia profesional.

–¿Por qué?

–Tú y yo no podemos trabajar juntos todo el día sin desearnos por la noche. Sabes que es verdad, Julia. Nuestra distancia profesional dura tanto como un suspiro. Al final terminaríamos sucumbiendo, o afrontando las consecuencias.

Ella levantó la barbilla.

–¿Por eso me contrataste, Trent?

–Te contraté porque eres brillante. Sabes lo importante que es el Tempest West para mí. Si quisiera una mujer con la que tener sexo, no tendría… –Trent no terminó la frase.

–No tendrías que contratarla.

Trent soltó el aliento y la agarró de la cintura.

–Ven aquí.

Ella fue hacia él y la tensión desapareció en cuanto Trent comenzó a acariciarla. Entonces la hizo inclinar la cabeza y la besó en los labios.

–Te he echado de menos.

–Eso quería oír –susurró ella y le puso los brazos alrededor del cuello.

Él le dio un apasionado beso y se apretó contra su cuerpo. Extendió las palmas de las manos sobre su trasero y escuchó los gemidos que escapaban de aquellos labios de fresa. Sus sentidos despertaron y su cuerpo se puso tenso y firme.

Ella entreabrió los labios y exhaló suspiros de pasión mientras él le acariciaba la lengua. Sus pechos turgentes aplastaban el pectoral de Trent y este le presionaba el vientre con su potente miembro . Él le levantó el vestido y deslizó las manos por sus muslos suaves. Le apartó las braguitas y acarició su sexo desnudo.

–Oh… Trent.

Después, la pasión se apoderó de ellos. Julia le arrancó la camisa, le quitó las botas y le desabrochó el cinturón. En unos segundos él la levantó en el aire. Ella enroscó las piernas alrededor de su cintura y comenzó a moverse. Trent no pudo contenerse más y la penetró con una embestida poderosa, dándole la bienvenida con la que siempre había soñado.

Julia le deslizó un dedo por la mandíbula a Trent. Él fingía dormir, pero una sonrisa lo delató. Yacían juntos en la cama de un espacioso dormitorio.

–¿De verdad crees que soy brillante?

Trent gruñó.

Ella se inclinó y le dio un beso en la boca.

–¿De verdad?

Él abrió un ojo.

–Buscar cumplidos antes del amanecer no te hará ganar puntos.

–¿Necesito más puntos? –preguntó ella, haciéndose la inocente.

Trent se giró y le puso un dedo en la nariz a Julia.

–No te pongas quisquillosa. Si consigues más puntos acabarás conmigo antes de ir al trabajo.

Julia se tumbó boca arriba y miró al techo. La noche anterior habían puesto la habitación patas arriba y ella había tenido tres orgasmos intensos.

–¿Por qué crees que es así?

Trent guardó silencio un momento y Julia pensó que no iba a contestar.

–No tengo ni idea. Pero es así. No intentes analizarlo. Disfruta.

Julia disfrutaba mucho haciendo el amor con él. Nunca había tenido aventuras fugaces y la única relación larga que había tenido había sido un desastre. Entonces se había propuesto no volver a mezclar el amor con el trabajo, pero la promesa no había durado mucho.

–Las cosas se podrían complicar –le dijo.

Él le dio un beso.

–No lo harán si no lo permitimos.

–Aparte de que Evan sea tu hermano y Laney mi mejor amiga, tú eres mi jefe. ¿No ves un problema en potencia?

–No, en absoluto.

¿Acaso no veía que siempre habría una conexión entre ellos aunque las cosas salieran mal? Su instinto le decía que se alejara de esa situación. ¿Pero cómo iba a hacerlo? ¿Cómo iba a olvidar a un hombre tan apuesto e inteligente? Un hombre que la hacía vibrar con una simple caricia…

–Trent, hablaba en serio cuando te dije que no quiero que los empleados se enteren de nuestra relación.

Él asintió. En sus negros ojos había sinceridad.

–Lo entiendo. ¿Algo más?

Julia negó con la cabeza y respiró hondo.

–No. Creo que eso es todo.

–Bien –él le acarició un pecho y trazó círculos perezosos alrededor de la aureola–. Disfruta, cariño –le dijo antes de besar el rosado pezón.

Julia se estremeció y su cuerpo respondió sin reservas.

–Oh, Trent, usamos los últimos preservativos anoche.

–Julia, relájate. No vamos a necesitar protección para lo que tengo en mente.

Dos horas más tarde, satisfecha y sensual, Julia salió de la cabaña y se dirigió a su suite del hotel. Se dio una ducha y se puso un pantalón informal, una camisa y unos botines. Tenía una cita con la gerente en el tercer piso del ala norte.

–¿Ha visto todo el hotel, señorita Lowell? –le preguntó Kimberly Warren. La gerente resultó ser una hermosa rubia recién salida de la universidad.

–No. El señor Tyler me lo va a enseñar esta tarde.

–El señor Tyler está muy orgulloso del Tempest West. Todos esperamos que tenga una idea brillante para aumentar la ocupación. Queremos que sea del noventa por ciento.

Julia no se sorprendió el conocer las expectativas de Trent.

–Ese es un porcentaje ambicioso. No creo que los otros hoteles consigan una ocupación tan alta.

–El señor Tyler confía en usted, señorita Lowell.

–Llámame Julia –dijo, sonriendo.

–De acuerdo, Julia. Te enseñaré tu despacho. El señor Tyler me pidió que te instalara en el que está más próximo al suyo –dijo, con una mirada suspicaz–. Vais a trabajar codo con codo.

Julia carraspeó.

–Sí, supongo que sí.

Kimberly le enseñó el despacho y la dejó instalarse. Julia miró las fotos que colgaban de las paredes. Eran instantáneas de las obras del Tempest West, desde su comienzo hasta la inauguración. El escritorio estaba hecho de madera de roble blanco y las paredes eran de color crema, con molduras blancas. Las estanterías de libros llegaban hasta el techo.

A pesar de la moderna tecnología de los equipos informáticos, el despacho mantenía ese aire del Oeste que caracterizaba al hotel y había algunos toques femeninos que le recordaban a su apartamento de Los Ángeles.

Julia pasó algunos minutos familiarizándose con el aparato de fax, el ordenador y el intercomunicador. Estaba metiendo el contenido de su maletín en los cajones cuando Trent llamó a la puerta.

Ella se puso en pie al verlo entrar.

–Buenos días de nuevo –le dijo él con un guiño.

Estaba tan fresco y arreglado como siempre, con una camisa blanca, vaqueros, una chaqueta negra, una corbata texana y un sombrero de cowboy.

–Hola.

–¿Ya te has acomodado?

Ella miró alrededor. No había llevado muchas cosas. Todo lo que necesitaba lo tenía en el portátil y en la cabeza. Lo que más importaba era el instinto.

–Creo que sí.

–Si necesitas algo, díselo a Kimberly.

–Estoy bien, Trent. El despacho es estupendo.

Él asintió.

–De acuerdo. Solo quería asegurarme –se quitó la chaqueta y la corbata y las puso en el respaldo de la silla que estaba frente al escritorio.

Julia se puso un poco tensa al verle quitarse la ropa. ¿Acaso no había entendido lo que le había dicho la noche anterior?

–Vamos a hacer un recorrido por el hotel. Quiero que veas lo mejor del Tempest West.

Julia hizo un gesto afirmativo con la cabeza, sintiendo un gran alivio al ver que se había equivocado. Trent no tenía otra cosa más que negocios en mente.

–Sí, estoy deseando ver el resto de las instalaciones.

Sin embargo, un diablillo le decía que ya había visto lo mejor del Tempest West la noche anterior, en los brazos de Trent.

Capítulo Tres

–Normalmente veíamos los alrededores a caballo, pero nos llevaría demasiado tiempo. Hoy vamos a hacerlo de un modo más elegante –Trent le abrió la puerta del todoterreno.

Con una sonrisa Julia miró el polvoriento vehículo.

–Me parece bien.

Trent se bajó el ala del sombrero y le cerró la puerta del acompañante.

Se dirigieron hacia los establos por la vía de servicio. En breve se encontraron con caballos bayos y palominos. Los animales parecían bien cuidados y tranquilos.

–Tenemos cuarenta caballos y ocho vaqueros. En ocasiones hay entre diez y veinte caballos de paseo. Hay una oficina en el establo. Ahí trabaja nuestro capataz, Pete Wyatt. Él se encarga de programar los paseos a caballo.

Trent detuvo el coche y bajó, seguido de Julia. Fueron hasta la entrada de los establo.

Un hombre de la edad de Trent dio un paso adelante con una sonrisa en los labios y la mano extendida.

–Usted debe de ser la señorita Julia Lowell. Yo soy Pete. Me ocupo de los establos. Usted es la persona que nos va a ayudar a salir adelante –dijo con certeza.

Julia le estrechó la mano y miró a Trent.

–¿Y cómo voy a hacerlo? –preguntó ella.

–Consiguiendo más clientes –dijo Pete, como si estuviera diciendo algo obvio–. Solo trabajamos con la mitad de los animales. Son caballos de raza. Todos. No hacen suficiente ejercicio. Son demasiado salvajes como para estar encerrados. Vamos, le enseñaré cómo trabajamos.

Media hora después, Julia volvió al coche en compañía de Trent. Antes de emprender el camino de regreso hizo algunas anotaciones en su PDA.

–Parece que has convencido a todos de que obro milagros.

Trent la miró un instante.

–¿Demasiada presión?

–Trabajo mejor bajo presión –admitió Julia con honestidad.

Trent le lanzó una mirada satisfecha, como si ya lo supiera. Su fe en ella la intimidaba, pero también le subía la moral.

A continuación se dirigieron a la zona limítrofe de Crimson Canyon, donde el cielo azul se fundía con la tierra roja. Trent se detuvo en lo alto del cañón. A sus pies se extendía un abismo que parecía infinito.

–Esto es Shadow Ridge. Es mi zona favorita de toda la propiedad.

–Ya veo por qué –la belleza de la naturaleza deslumbró a la joven, que se sintió insignificante y diminuta–. Virgen y glorioso.

Trent guardó silencio durante un momento y entonces sacudió la cabeza.

–La mayoría de los clientes no llegan hasta aquí. El terreno es peligroso incluso con un buen caballo. El todoterreno no puede acercarse lo suficiente, pero créeme cuando te digo que no hay nada que se pueda comparar con las formas rocosas y los colores de Shadow Ridge.

Julia sacó la PDA y apuntó algo.

–De acuerdo –dijo, considerando las posibilidades–. ¿Adónde vamos ahora?

Veinte minutos después llegaron al lago Destiny.

–Hay piscinas naturales, pesca y paseos en bote. Es el único lago natural de la zona. Cuando compré la propiedad me aseguré de que estuviera incluido el lago.

–No podías haberlo hecho mejor.

–Así es. Sabía que construiría el hotel cerca del lago.

–Me dijiste que había una leyenda.

–Y la hay –Trent salió del todoterreno y abrió la portezuela del acompañante–. Vamos a dar un paseo –dijo, ofreciéndole la mano.

Julia aceptó la ayuda y lo soltó en cuanto bajó del coche. Juntos pasearon a lo largo de la orilla y disfrutaron de la brisa de otoño. A lo lejos unos clientes del hotel retozaban en el lago. Sus risas no eran más que un suave suspiro sobre las aguas.

Trent volvió a tomarla de la mano cuando se acercaron a un pequeño embarcadero que se adentraba en el lago. Tres botes de remo se mecían en la corriente. Avanzaron hasta la mitad del muelle y contemplaron el paisaje.

–Esta tierra fue poblada hace ciento cincuenta años por gente que había probado suerte en las minas de oro de California sin mucho éxito. Muchos ni siquiera llegaron a la Costa Oeste, sino que se asentaron aquí. Dice la leyenda que una joven llamada Ella y su prometido tuvieron una terrible discusión aquí. Sus padres habían elegido a otro pretendiente para ella. Samuel, el joven con el que había jurado casarse, le dio un ultimátum. Si no se reunía con él en este lugar al ponerse el sol, jamás volvería a verlo.

»Ella no quería fugarse y dejar a su familia, pero también sabía que no podía vivir sin el hombre al que amaba. Con mucho esfuerzo logró escaparse, pero cuando llegó al lago a medianoche, Samuel no estaba allí. Ella lo buscó sin cesar y, cuando por fin lo encontró, estaba a punto de saltar al vacío desde lo alto de Crimson Canyon.

—Es una historia muy triste, Trent, pero de alguna manera sabía que acabaría así.

Todas las leyendas terminaban en tragedia.

—Entonces dices que la tierra está encantada.

Trent sonrió.

—En absoluto. Dice la leyenda que la chica lloró durante toda la noche y al día siguiente, al amanecer, se encontró con su amado, que había atravesado el lago nadando para ir a su encuentro. Todo pasó en el sitio donde estamos ahora.

—¿Samuel no saltó desde ese acantilado?

—No. Se tropezó con una roca en la oscuridad y se dio un golpe en la cabeza. Ella pensó que había caído al vacío y esa había sido su intención, pero el destino les había dado una segunda oportunidad. Al final no huyeron a ninguna parte, sino que les hicieron frente a sus familias, se casaron y tuvieron cinco hijos. Vivieron en esta tierra hasta su muerte, cincuenta años más tarde.

–Entonces es por eso que el lago se llama Destiny.

–Ella y Sam no le pusieron nombre. Fueron sus hijos, después de oír la historia.

–Los dos estaban destinados a estar juntos. Tuvieron una segunda oportunidad –Julia miró hacia el lago y se dejó inspirar por aquella romántica historia de amor. Entonces sacó la PDA y apuntó algunas palabras clave–. De acuerdo. Lo tengo –se volvió hacia Trent–. ¿Me llevas de vuelta al despacho? Tengo mucho que hacer hoy.

Trent no lo dudó ni un instante. La llevó de vuelta al coche y puso rumbo a las oficinas. Ella tenía miles de ideas.

Tres horas más tarde, Julia estaba sentada frente al ordenador, intentando organizar ideas que le bullían en la mente. El Tempest West necesitaba algo más... Sabía que tendrían que organizar otra inauguración, pero también sabía que necesitaban una nueva perspectiva. Después del paseo, había llegado a la conclusión de que un destino turístico elitista con hermosos paisajes no era suficiente. Tenía que atraer a las masas adineradas, darles algo que no podían encontrar en otro lugar.

Julia sabía lo que quería hacer, y también sabía que sería arriesgado, pero a Trent le gustaban los riesgos. En cuanto lo tuviera todo listo, le haría la propuesta.

Julia llamó a Kimberly por el intercomunicador.

–Hola, Kim. ¿Tienes los informes financieros?

–Acabo de recogerlos. Ahora mismo voy.

Julia se recostó en el respaldo de la silla mientras navegaba por la página web de la Young Dreams Foundation. Muchos años atrás, el hijo del mejor amigo de su padre había caído terriblemente enfermo y esa organización benéfica le había concedido su mayor deseo: conocer a los astronautas en Cape Kennedy. Después de aquella experiencia conmovedora, Julia se había implicado a fondo en la organización en su tiempo libre. Así había llegado a conocer a muchos de los chicos a los que ayudaba y también había hecho buenos amigos por el camino.

De pronto se le ocurrió una idea y en ese mismo momento Kim entró en el despacho con un montón de informes.

–Puede que hayan sacado más informes de los que necesitas –le dijo con una sonrisa.

–No importa. Les echaré un vistazo rápido y te devolveré los que no necesito. Sé lo que estoy buscando. ¿Tienes un momento?

Kim se sentó frente al escritorio.

–Claro. Dime qué necesitas y yo lo buscaré en una parte de los informes –le entregó la mitad de los documentos a Julia y esta hojeó algunos.

–Quiero ver los nombres y direcciones de todos los clientes del hotel desde su apertura. Cuánto tiempo se quedaron. Cuánto gastaron. También quiero ver todas las cifras de pérdidas y ganancias desde que abrió el hotel.

–De acuerdo. Eso es fácil.

Kim se puso a buscar en su montón de informes mientras Julia hacía lo mismo.

De repente reparó en un informe que parecía fuera de lugar.

–Me parece que este ha llegado aquí por accidente.

Cuando Kimberly levantó la vista, Julia prosiguió.

–Es una copia de mi contrato –se encogió de hombros y reparó en un error.

La fecha del contrato sin firmar era incorrecta.

–Debe de ser un error de mecanografía. La fecha está mal.

–El departamento legal está muy orgulloso de no cometer errores –dijo Kim, bromeando–. Revisan cada palabra minuciosamente antes de entregar documentos.

Julia volvió a mirar la fecha. Tenía que estar mal. Trent había ido a verla a Los Ángeles una semana más tarde de la fecha que señalaba el documento, pero él desconocía lo del contrato con Bridges en aquel momento.

Ella llevaba mucho tiempo trabajando con el departamento legal del Tempest y sabía que eran tan eficientes como decía Kimberly.

Miró la copia del contrato sin firmar. Aquella fecha temprana arrojaba sombras sobre su pensamiento.

–Él lo sabía –murmuró para sí. Un escalofrío le recorrió la espalda.

–¿Qué? –Kimberly volvió a levantar la vista–. ¿Has dicho algo?

–Oh, no –absorta en sus propios pensamientos, Julia dejó los informes sobre la mesa. Las emociones hacían estragos en su razón–. ¿Sabes qué? Déjalo todo aquí. Yo revisaré los documentos y te los devolveré cuando haya terminado.

Kim asintió con la cabeza.

–De acuerdo, si lo prefieres así.

–Sí –dijo, y se puso en pie.

Kim también se levantó y dio media vuelta.

–Oye, Kim.

–¿Sí? –la muchacha se volvió una vez más.

–¿Cuánto tiempo llevas en el Tempest? ¿Desde el principio?

–Sí. Llevo aquí desde la inauguración. Vine del Tempest de Dallas.

–Entonces sabías qué aspecto tenía mi despacho.

Kimberly asintió, algo confusa.

–Estoy pensando en cambiar el color.

–Pero ahora es un sitio femenino y agradable. Encaja muy bien contigo. Al señor Alonzo, nuestro primer director de marketing, le gustaba el roble oscuro y las paredes y las persianas oscuras. Era un lugar deprimente. Yo odiaba entrar aquí.

El corazón de Julia se aceleró. Las sospechas que acechaban en un rincón de su mente eran inquietantes.

–Imagino que recuerdas cuándo Trent hizo reformar el despacho.

–Claro. Fue en mi cumpleaños. El señor Tyler me dio el día libre, así que no podría olvidarlo. Fue un viernes. Los obreros llegaron enseguida y reformaron toda la estancia, y cuando volví el lunes, todo había sido cambiado. Mañana hace un mes.

A Julia se le agarrotó el estómago.

–¿Hace un mes?

Eso era antes de que Trent se hubiera presentado en su casa con flores y dulces disculpas. ¿Acaso estaba al tanto de la pérdida del contrato con Bridges? Julia cerró los ojos y trató de serenarse. ¿Era posible que estuviera detrás de aquello?

–Sí, hace un mes –Kim asintió una vez más y la miró con preocupación–. ¿Ocurre algo?

–No, nada –esbozó una sonrisa fugaz–. Mejor te dejo que vuelvas al trabajo.

–De acuerdo.

Kimberly salió del despacho y Julia se inclinó hacia delante, apoyando las manos en el borde de la mesa.

–No puede ser… –murmuró. Una sensación desagradable recorrió cada centímetro de su piel.

Aquello era posible. Ella estaba al tanto de la apuesta de Trent con su hermano y conocía muy bien su afán de competición. Hacer que el hotel funcionara significaba algo más que dinero. Él tenía algo que demostrar.

Retazos de recuerdos le atravesaron la mente.

«Mi mejor empleada… He mirado tu currículum…».

Trent había irrumpido en su vida de forma inesperada, poco después de despedir al director de marketing del hotel… Y ella había perdido el contrato con Bridges una semana antes. Todo era demasiado sospechoso para tratarse de una mera coincidencia.

Julia miró a su alrededor. No había reparado en ello antes, pero aquel despacho le iba como anillo al dedo. El color de las paredes, la moqueta y los adornos de la mesa se parecían mucho a los de su apartamento.

«Arrogante, traidor…», pensó Julia.

Todo su cuerpo temblaba de rabia, pero antes de condenarle a la horca tenía que enfrentarse a él.

Con el contrato en la mano irrumpió en el despacho de Trent.

—Espera un momento, Brock —dijo él, cubriendo el auricular del teléfono—. Dame un minuto, cielo —le dijo a Julia—. Ya casi he terminado.

—Ya has terminado —dijo ella, furiosa—. Cuelga el teléfono, Trent.

Trent arqueó las cejas, sorprendido.

—¿Qué demonios…? —la miró con ojos perplejos—. Te llamo luego —colgó el teléfono y se puso en pie—. ¿Qué te pasa? —le preguntó, algo molesto.

—Solo contesta a mi pregunta, Trent, ¿me hiciste perder el contrato con Bridges para que trabajara para ti?

Trent arrugó los ojos.

—¿Qué te hace pensar eso?

Ella arrojó el contrato sobre el escritorio. Él miró el documento con gesto impasible.

—Contesta a mi pregunta. Con sinceridad… si es que eres capaz.

Él levantó las cejas y contrajo la mandíbula.

—Sí. Hice un trato con la cadena de restaurantes.

—¿Y yo era parte de ese trato?

Trent rodeó el escritorio y se apoyó en él, poniendo las manos en el borde.

—Cierra la puerta, Julia.

Ella la cerró de un portazo y se volvió hacia él, de brazos cruzados. Estaba demasiado furiosa como para moverse. Aquella postura indiferente y desafiante era indignante.

—¿Y bien?

–¿Si eras parte del trato? –se tomó un minuto para responder. Sus fríos ojos y rígidos labios no dejaban entrever la respuesta–. Sí. Quería que trabajaras para mí.

–¡Entonces me hiciste sabotaje! –gritó Julia, dando rienda suelta a la rabia–. ¿Sabes lo mucho que trabajé para conseguir ese contrato? ¿Tienes idea de lo que ese trabajo habría significado para mí?

–Te pago un salario más que generoso –replicó Trent–. No hice nada ilegal. La gente de Bridges quería conseguir este trato con Tempest. Llevan muchos años detrás de nosotros.

–¿Qué trato? –preguntó ella, colérica. Él ni siquiera se había molestado en negarlo.

–Van a abrir sus restaurantes en nuestros hoteles en ciudades estratégicas por todo el país. Las negociaciones se alargaban demasiado y yo aceleré el proceso. Todo el mundo gana con ello.

–¡Excepto yo!

–Depende de cómo se mire.

–¡Ja! Me mentiste una y otra vez. Has estado a punto de destruir mi reputación al hacerme perder ese contrato. Acepté este trabajo de rebote. Los dos lo sabemos. El Tempest West es solo un hotel. Si a eso lo llamas «ganar» prefiero ser una perdedora y firmar un contrato con toda una cadena de restaurantes.

Trent se apartó del escritorio.

–Ahora tienes un contrato vinculante conmigo.

A Julia le hirvió la sangre.

–¿Un contrato vinculante? Tú no jugaste limpio. ¡No me puedo creer que vayas a obligarme a cumplir con el contrato!

Trent suspiró hondo.

–No es el fin del mundo. Soy un hombre de negocios. Vi una oportunidad y la aproveché. De todos modos, llevábamos mucho tiempo negociando con Bridges. Al final habríamos cerrado el trato igualmente.

Julia sacudió la cabeza.

–No te creo.

–Créelo –le dijo con firmeza–. Es la verdad.

–No, la verdad es que eres un tipo cruel y sin corazón. Me utilizaste para conseguir lo que querías. Lo pasamos muy bien después de la boda de tu hermano y, cuando te marchaste de Los Ángeles, no volví a saber de ti hasta que el Tempest West empezó a tener problemas. Y entonces sales de la nada y te presentas en mi casa con un ramo de orquídeas con el único propósito de seducirme y embaucarme. No podías haber llegado más bajo. Soy una chica lista, pero jamás me habría esperado algo así. Eres un bastardo de primera, Trent Tyler.

Él permaneció impávido.

–Cálmate, Julia.

–No. Estoy a punto de explotar. Me has hecho daño, Trent. ¿No vas a negar nada?

Trent soltó el aliento.

–No. Fue un buen negocio.

Ella echó a un lado la cabeza y se rio al oír aquel absurdo comentario.

–Yo pensaba que eras distinto, pero el vaquero de manos suaves no es más que un artista del engaño. ¡Qué estúpida he sido!

Él había dañado su reputación, herido su orgullo y

su corazón. Nunca le daría la satisfacción de saber que casi se había enamorado de él. Jamás volvería a confiar en él.

Trent dio unos pasos adelante.

—¡Para! —Julia levantó la mano y guardó la compostura—. No, Trent. No vas a engatusarme de nuevo.

Él se detuvo; tenía las facciones tensas.

—Estuviste de acuerdo con todas las cláusulas y firmaste el contrato.

—Eso es todo lo que te importa, ¿no? —le espetó Julia—. No importa que haya firmado engañada.

—No hay nada falso en ese contrato. No te obligué a firmar. Tu trabajo es promocionar al Tempest West en el mercado e impedir que lleguemos a números rojos.

Julia levantó la barbilla.

—Bueno… Ya no sé si quiero hacerlo.

—Cielo, el contrato no deja lugar a dudas. No tienes elección —Trent le lanzó una sonrisa que la habría hecho derretirse en sus brazos en otras circunstancias.

—Podría demandarte por esto.

—Pero perderías. Se haría público que incumpliste el contrato en tiempos difíciles. Nadie te obligó a firmar con el Tempest West. Mi trato con Bridges es legal y nadie podría demostrar lo contrario.

Se sentó en el sillón del escritorio y se apoyó en el respaldo.

—Vas a quedarte, si no quieres ver cómo arruinan tu reputación.

Capítulo Cuatro

Chantaje. Engaño. Seducción.

Al atardecer, Julia se dejó caer en el sofá de la suite y le dio un sorbo a la copa de *merlot*. Tenía los nervios de punta y le temblaba todo el cuerpo. Pensó en Trent y en todas las molestias que se había tomado para atarla al Tempest West.

Sus mentiras y manipulación la habían hecho quedar como una idiota, pero nada le dolía tanto como saber que había sucumbido a sus encantos. Se había dejado llevar en sus brazos. Él se había presentado en su puerta y había anulado su sentido común en un instante. Hipnotizada por un amante maravilloso, no había sido capaz de ver la verdad. Quizá habría podido darse cuenta de todo si no hubiera estado tan ciega.

Si tan solo hubiera sospechado algo...

Pero aquel apuesto texano la había hecho caer en sus redes. Sin embargo, sí tenía razón en una cosa: por mucho que quisiera hacerlo, no podía abandonar el puesto. Necesitaba un buen contrato para mejorar el currículum y no tenía ningún proyecto de futuro. Tendría que quedarse y hacer funcionar ese hotel. Ella no era de las que abandonaban, a pesar de las circunstancias. Una profesional de verdad tenía que ceñirse a las condiciones del contrato firmado. Además, debía pensar en Evan y en Laney. Ellos eran sus amigos, y no quería provocar un conflicto acusando a Trent y perjudicando al hotel.

La respuesta era simple: debía hacer su trabajo y mantenerse alejada de Trent a toda costa. Pensó en sabotearlo, pero ella no era así. Iba a quedarse y a dar lo mejor de sí misma. Estaban en juego su carrera y su reputación, y también las de Trent.

Una hora más tarde, tras haber organizado sus pensamientos, buscó el móvil y llamó a Laney. Se conocían desde el colegio y nada la hacía más feliz que charlar un rato con su mejor amiga.

Julia se calmó un poco en cuanto oyó la voz de Laney.

–¿Señora Tyler? ¡Usted es la ganadora de un maravilloso bebé! Se le hará entrega del premio dentro de tres meses.

La risa de Laney inundó el auricular de Julia.

–¡Hola! Creo que preferiría recoger el premio ahora. ¿Puede ser?

–Oh, ojalá pudiera. ¿Tienes un mal día?

–No. Lo de siempre. Estoy un poco cansada esta noche, y Evan me mima mucho.

–Es un cielo.

–Mmm. Sí que lo es. Es cierto que tengo la barriga tan grande como una pelota de baloncesto, pero no soy una inválida. He leído que se trata del síndrome del padre primerizo. No estoy acostumbrada a verlo revolotear a mi alrededor. Se le ponen los ojos como platos cuando siente al bebé en la tripa.

–Ojalá estuviera ahí para verlo.

–¿Para ver los ojos de Evan, o mi barriga?

–Los dos. Te echo de menos, Laney. Echo de menos Los Ángeles.

–Oh, Julia. Pensaba que estabas muy contenta con el trabajo en el Tempest West. Y, bueno, después de lo que me dijiste sobre Trent y tú, pensé que…

–Tenemos una relación profesional, Laney.

Julia no estaba preparada para decirle a su amiga que la habían manipulado. En realidad, no se lo diría jamás. Evan y Trent estaban muy unidos y lo último que Laney necesitaba en ese momento era un conflicto familiar. Acababa de recuperarse de unos terribles ataques de náuseas y no quería arruinarle la alegría del embarazo. Tendría que lidiar con Trent por sí sola, cumplir con el contrato de seis meses y salir de Arizona para siempre.

–Me gusta el reto de trabajar aquí. Es un lugar… maravilloso.

Eso era cierto, pero Trent había destruido sus ilusiones profesionales.

Hubo una breve pausa al otro lado de la línea. Julia nunca le había hablado de aquella aventura después de la boda, pero Laney sí sabía lo mucho que la había impresionado la inesperada llegada de Trent con una oferta de trabajo unas semanas antes.

Laney siempre había sido muy receptiva con las cosas del corazón.

–¿Por qué no te creo?

–Es un sitio precioso –dijo, esquivando el tema–. Pero tenemos que ponernos manos a la obra. Voy a darte una fiesta premamá dentro de seis semanas. ¿Recuerdas? ¿Puedes mandarme la lista de invitados por correo electrónico, cariño? He reservado en Maggiano's –dijo, mintiendo–. Y espero estar de vuelta para el fin de semana.

–Uh, Maggiano's. ¡Yo me comería dos platos de esa comida italiana! Te mandaré la lista hoy mismo, Julia. Te lo agradezco mucho. Sé lo ocupada que estás.

–Lo estoy deseando, Laney. Quiero que mi futuro sobrino tenga muchos regalos cuando llegue.

–Es tan emocionante... Sé que me quedan varios meses, pero no veo el momento de que nazca.

Terminaron la conversación con alegría y Julia se sirvió otra copa de vino. Entonces alguien llamó a su puerta.

Era Trent.

–¿Estás vigilando tu inversión? –le preguntó ella, apoyándose contra el marco de la puerta; tenía la copa de vino en la mano.

–Algo así. No volviste al trabajo hoy.

–Me tomé la tarde libre –le dijo ella con frialdad–. No te preocupes. Estaré en pie al amanecer y trabajaré sin cesar para que tus sueños se hagan realidad.

Trent se armó de paciencia y dio un paso adelante.

–A lo mejor estaba preocupado por ti.

–A lo mejor nieva en el desierto de Arizona.

Él dejó escapar un suspiro exagerado.

–Sabes que no tiene por qué ser así.

–Oh, yo creo que sí. De hecho, es la única forma –dijo ella. Él se merecía todo su desprecio.

–De acuerdo, Julia. Te quiero en mi oficina a primera hora de la mañana. Tenemos asuntos que tratar.

Dio media vuelta y se alejó antes de que ella le pudiera cerrar la puerta en las narices.

Al día siguiente tendría que hablarle de la fiesta de premamá de Laney y no tendría más remedio que trabajar con él codo con codo.

Pero esa noche podía olvidar a Trent Tyler durante un rato.

Trent nunca había conocido a una mujer a la que deseara más que a Julia Lowell. Ella estaba sentada frente a su escritorio, con la cabeza baja. Juntos trabajaban en proyectos para mejorar el Tempest West.

Se fijó en sus rizadas pestañas negras, en su boca suave y carnosa, en su cuello... Su larga melena le acariciaba los hombros y tocaba el cuello del traje de chaqueta rojo que llevaba puesto.

Ese color le sentaba de maravilla, y esas sandalias... Se las había puesto a propósito para atormentarlo.

Esa mañana Julia Lowell había entrado en su despacho con la cabeza alta y la mirada decidida. Había asumido una actitud estrictamente profesional y Trent no podía sino admirar sus agallas y su belleza radiante.

—Estos son mis planes preliminares. ¿Qué te parece? —le preguntó de sopetón, mirándolo a los ojos.

Trent asintió.

—Me parece que ya sabes lo que hay que cambiar aquí —dijo.

—El Tempest West es especial. No es solo un destino turístico. De esos hay un montón. Tenemos que darle una experiencia inolvidable a nuestra clientela, algo que no puedan conseguir en ningún otro lado. Va a ser exclusivo. Al principio, solo por invitación. Eso es un riesgo, Trent. ¿Estás dispuesto a asumirlo?

Julia era muy lista. Trent se había dado cuenta de ello la primera vez que le había hecho el amor. Sin embargo, bien podía estar llevando a la ruina al hotel. Había puesto toda su confianza en ella, pero las cosas habían dado un giro. ¿Estaría ella dispuesta a darlo todo por el hotel aun sabiendo la verdad?

Trent arrugó el ceño.

–¿Es el mismo proyecto en el que estabas trabajando antes de la conversación de ayer?

Julia no se molestó al oír la pregunta. Se puso erguida y esbozó una sonrisa artificial.

–Lo pasamos muy bien en la cama, Trent. Me usaste profesionalmente. Estoy furiosa contigo, pero nunca traicionaría mis principios. Creo en el juego limpio. Así que si me estás preguntando si te arrojaría a los lobos por venganza, la respuesta es «no». Es el mismo proyecto que empecé a mi llegada.

–Tenía que preguntar.

–De acuerdo. ¿Y ahora qué te parecen mis ideas?

Trent se frotó la mandíbula. La barba de un día le arañó los dedos. Unos días antes Julia se había sentado sobre sus piernas mientras le afeitaba la cara con movimientos suaves y cuidadosos hasta hacerle perder el control. Ese día la había sentado sobre el mueble del baño y le había hecho el amor con frenesí.

Trent suspiró.

–Estoy dispuesto a asumir el riesgo. Es una idea brillante.

Julia esbozó una sonrisa cristalina. Sus ojos refulgían.

–Me pondré a trabajar en el nuevo eslogan del hotel. Necesitamos algo llamativo, acorde con la temática del Tempest West. Habrá que pensar un poco en ello.

–Dime qué necesitas.

Julia le miró los labios un instante, y Trent se preguntó cuánto le duraría el enfado.

–Yo trabajo mejor sola, Trent. Cuando se me ocurra algo, te lo haré saber.

Él asintió y reparó en el generoso escote que dejaba ver parte de sus pechos.

–Muy bien.

Se miraron durante unos momentos.

–No vas a disculparte por lo que me hiciste, ¿verdad?

Lo habría hecho si hubiera sido suficiente para tenerla en su cama esa noche.

–No.

Ella asintió con la cabeza, resignada. La expresión de sus ojos dejaba ver un ligero desprecio.

–Tenemos que hablar de la fiesta de Evan y Laney. Laney cree que va a ser dentro de seis semanas.

Trent consultó su agenda.

–Tengo reuniones durante todo el día. Nos vemos a la hora de cenar y hablamos del tema.

Ella sacudió la cabeza.

–No puedo. Hazme un hueco a otra hora.

–¿No puedes o no quieres?

–No quiero. Además, tengo planes para esta noche.

Trent cerró la agenda de golpe.

–No estoy disponible para ti fuera de las horas de trabajo –le dijo ella, sonriendo–. Que te quede claro desde ahora.

Trent captó el mensaje alto y claro. Sin embargo, nada lo estimulaba tanto como que le llevaran la contraria.

Ella guardó los documentos en su maletín y se puso en pie. Estaba a medio camino de la puerta cuando se dio la vuelta.

–Dime una cosa, Trent. ¿Es que llevo un mensaje escrito en la frente que dice «aprovechaos de mí»?

Trent se levantó y rodeó el escritorio, sosteniéndole la mirada.

–Todo lo que yo veo es una mujer irresistible con cerebro y talento.

Julia bajó la vista, rehuyendo su mirada.

–Me temo que es muy tarde para esto, Trent –le dijo, y salió del despacho.

Él no pudo evitar preguntarse con quién había quedado esa noche.

Julia se montó en la yegua. Pete le había dicho que era el caballo más dócil de todos. El vaquero la acompañó hasta el acantilado más lejano de Crimson Canyon.

–Hay algunos lugares muy hermosos que nuestros huéspedes nunca llegan a conocer.

–Eso es lo que Tre... eh, el señor Tyler me dijo. ¿Y por qué ocurre eso?

Pete se encogió de hombros.

–Es un lugar recóndito. Algunas zonas son más peligrosas que otras. Cuando los llevamos en una visita guiada, seguimos rutas establecidas por seguridad.

–Eso es propio de Trent Tyler. Él quiere que todo el mundo conozca esta tierra.

–No fue idea suya. Tuvimos un problema al poco tiempo de abrir –Pete sacudió la cabeza–. Hay gente que cree saber montar a caballo. A un hombre se le ocurrió subir a Shadow Ridge. Quería ver el cañón a vista de pájaro. Emprendió el ascenso a lomos del caballo y llegó hasta la mitad del camino, pero un halcón de alas rojas se precipitó sobre él y asustó al caballo. El huésped acabó en el suelo. No le pasó nada grave, pero le echó la culpa a la dirección del hotel por no poner señales de peligro. Amenazó con demandarnos por negligencia. El señor Tyler trató de calmarlo y logró disuadirlo. Desde entonces solo se permiten visitas guiadas por los caminos seguros.

–Qué pena –dijo Julia, admirando la belleza de Shadow Ridge, la majestuosa cumbre de Crimson Canyon.

–Es la tierra más hermosa que existe.

–No podría imaginar un lugar mejor.

–Puede estar segura de ello.

–Me gustaría verlo –dijo Julia con una sonrisa–. Lléveme allí.

Pete la miró.

–El sol ya se va a poner, señorita Lowell.

–Llámame Julia. Lo sé y es por eso que quiero ir. Quiero verlo antes de que anochezca.

Pete asintió y espoleó al potro.

Una hora más tarde, estaban de vuelta en el hotel.

Bajaron de los caballos frente a los establos y Julia le dio las riendas de la yegua.

–Gracias, Pete. He disfrutado mucho del paseo. Me has enseñado mucho sobre este lugar.

Pete esbozó una sonrisa.

–Hacía mucho que no le enseñaba nada a nadie, señorita Low... Julia –dijo finalmente.

Ambos se echaron a reír. En ese momento Trent salió del establo con cara de pocos amigos. Después de echarle una mirada a Pete, se dirigió hacia Julia.

Pete ni se inmutó ante la presencia del jefe.

–Buenas noches, señor Tyler –le dijo, tocándose el sombrero.

–Pete –dijo Trent, sin quitarle ojo a Julia.

Ella reparó en su todoterreno, que estaba aparcado frente a las oficinas.

–¿Por esto no pudiste quedar conmigo a la hora de la cena?

Julia habría querido hacer un gesto irónico, pero prefirió mirarlo fijamente.

–Sí –admitió–. Te dije que tenía planes esta noche.

–Íbamos a entrar para tomar algo después del paseo –dijo Pete, y le dio las riendas de los caballos a un empleado–. ¿Quiere venir con nosotros? –le preguntó, mirándolo a la cara.

Julia admiró el desparpajo de Pete delante del jefe. El vaquero era un hombre sin dobleces ni medias palabras. Era fácil tomarle aprecio, y no era de extrañar que Kimberly estuviera loca por él.

–No, creo que no. Tengo que hablar con Julia. Yo la llevaré de vuelta.

Julia se puso tensa. No quería montar una escena, pero esa era la segunda vez en muy pocos días que Trent ponía a prueba su paciencia.

Pete miró a Julia.

—Puedo traerte la bebida si tienes sed.

Julia se sintió tentada de aceptar. No quería ceder ante Trent, pero tampoco quería causarle problemas a Pete.

—No te molestes, Pete. Se está haciendo tarde. Volveré con el señor Tyler.

Trent dio media vuelta y volvió al coche. Julia contó hasta diez y le mostró una sonrisa a Pete.

—Gracias por dedicarme tu tiempo esta noche, Pete. Lo he pasado muy bien.

—Ha sido un placer –le dijo él, tocándose el sombrero–. El jefe te espera –le dijo con una sonrisa–. No querrás tener problemas nada más llegar.

Julia abrió los ojos. Pete veía demasiado con esos ojos azules.

—No le tienes miedo, ¿verdad?

–¿A Trent? No, claro que no. Soy un buen vaquero y no me gusta meterme en líos. Además, sé que él es un jefe justo y un hombre decente. El respeto es mutuo –dijo, y sonrió otra vez.

–¿Julia? –dijo Trent desde el coche.

«El respeto es mutuo...».

Julia deseó haber conseguido el empleo de la forma convencional, deslumbrando a Trent con sus ideas en una entrevista. De haber sido así, habrían podido compartir ese respeto del que hablaba Pete. Con todo lo que había ocurrido, no podía sino sentir desprecio por él.

Tras darle las gracias a Pete una vez más, subió al coche dando un portazo y con la vista al frente.

–No pierdas el tiempo –le dijo Trent, arrancando el coche.

Julia estaba decidida a no enzarzarse en una discusión, pero aquel comentario cumplió su función.

–No lo hago. No cuando tengo trabajo que hacer.

–¿Me vas a decir que ese paseo tenía algo que ver con el trabajo?

–Mucho –se apoyó en el respaldo del asiento y cerró los ojos–. ¿Me has seguido?

–No, Julia. No te he seguido. Fui a ver a mis caballos.

Ella abrió los ojos y se volvió hacia él.

–¿Tienes caballos aquí?

Él asintió.

–Sí. Duke y Honey Girl. Vengo a verlos siempre que puedo. Monto a caballo cuando tengo tiempo.

–¿Entonces qué era tan urgente como para interrumpir mi conversación con Pete?

Trent no tenía respuesta. Iba hacia las oficinas cuando les había visto frente a los establos, alegres y sonrientes.

–Si vas a consultarme algo, tiene que ser esta noche. Me voy mañana por la mañana. Tengo unas reuniones que no puedo posponer más.

–¿Cuánto tiempo estarás fuera? –le preguntó ella.

–Unos días.

–De acuerdo.

Trent fue a su casa y aparcó el coche en el garaje, que también albergaba un Chevy Silverado y un BMW plateado.

–¿Dónde estamos? –preguntó Julia, sorprendida.

–En mi casa –le dijo él encogiéndose de hombros.

Julia abrió los ojos.

–Pensaba que vivías en el hotel.

–Y así es, la mayor parte del tiempo. Pero me hice esta casa para cuando necesito estar solo. Es pequeña y sencilla, pero con una vista gloriosa del cañón.

–¿Por qué me has traído aquí?

–Necesitas los nombres y los números de teléfono de la familia Tyler, ¿no? Aquí tengo mis archivos personales. Vamos, Julia, no soy el lobo feroz. Busca lo que necesitas, tómate algo y te llevo de vuelta al hotel.

Salió del todoterreno y esperó por ella. Julia vaciló un momento y bajó del vehículo. Él la agarró del brazo y la condujo al interior de la casa.

Trent se había hecho construir la casa a su gusto. El dormitorio principal era enorme y, la cocina, espaciosa. En el salón había un amplio sofá de piel de ante enfrente de la chimenea.

–Esto es todo –le dijo Trent, pensando que debía pasar más tiempo allí.

Julia suavizó su expresión de enojo y miró a su alrededor.

–Es bonito, Trent. No me extraña que vengas aquí con tus conquistas.

En realidad él nunca había llevado a una mujer a su casa. Esa era la primera vez, y lo había hecho sin pensar.

Por suerte, salía de viaje al día siguiente.

–Siéntate –le dijo, señalando el sofá con forma de L–. ¿Qué quieres de beber? ¿Vino, champán, un cóctel? –le preguntó, yendo hacia el minibar, que estaba al lado de la chimenea.

–Agua con hielo, por favor.

Trent la miró y se rio a carcajadas.

–En serio crees que soy el lobo feroz, ¿no es así?

–Digamos que te has quitado el disfraz. Ya sé con quién estoy tratando.

–Eso me ha dolido –dijo él, mirándola de arriba abajo.

Julia estaba en tensión, con las piernas cruzadas. Sin embargo, estaba igual de preciosa con unos vaqueros azules y unas botas de piel. Se había despeinado un poco durante el viaje y algunos mechones de pelo le caían por las mejillas. Trent le sirvió un vaso de agua con hielo y se puso una copa de whisky.

–Pete es un mujeriego –le dijo, sentándose a su lado.

–¿Y tú quieres prevenirme? –miró el vaso de agua que Trent le había dado–. Qué ironía, viniendo de ti.

Él se inclinó hacia ella y apoyó los codos en los muslos.

–No vas en serio, ¿verdad?

Ella sacudió la cabeza.

–No, claro que no. No estoy interesada en Pete. Mi único interés en el Tempest West es hacer lo que he venido a hacer y seguir adelante –dijo, y bebió un sorbo de agua.

Trent reparó en su boca. Una gota de agua le humedeció los labios y ella se los lamió sin darse cuenta.

La miró a los ojos y ella titubeó un instante. Aún había una reacción química entre ellos, y ambos se consumían en la combustión.

–¿Cuándo podríamos hacer la fiesta de Laney? –le preguntó ella, cambiando de tema.

–Cuando quieras. Yo pondré a tu disposición el jet de la compañía para recoger a los invitados. Pueden quedarse un par de noches y tendrán acceso a todas las instalaciones.

–Me gustaría hacerlo dentro de un par de semanas, antes de que Laney empiece a sospechar. Tendré que decírselo a Evan para que la traiga. Se me ocurrió usar la excusa de una jornada de puertas abiertas para toda la familia, ya que es verdad en parte.

Trent asintió.

–Me parece bien. Yo te seguiré la corriente. ¿Algo más?

–Los números de teléfono y los nombres. Tengo que regresar.

Terminaron de concretar los planes, y Trent la llevó de vuelta al hotel. Aparcó el coche y se volvió hacia ella.

–Volveré el viernes. Kimberly sabe cómo ponerse en contacto conmigo, si necesitas algo.

–No será necesario.

–Ya me lo has dejado muy claro. Pero estaba hablando de negocios, Julia.

–Bien –ella tragó en seco y asintió con la cabeza–. Cuando regreses habré terminado mi nueva estrategia de marketing.

–Estoy deseando verla.

Se bajó del coche y le abrió la puerta. Ella salió con facilidad y él la acompañó hasta el ascensor de la recepción del hotel.

–Te veo el vier...

Trent dio un paso adelante y la besó antes de que ella pudiera terminar la frase. Apretó su cuerpo contra el de ella y la agarró de la cintura con firmeza.

–Lo necesitaba –le dijo, besándola de nuevo y acariciándole las caderas.

–No lo hagas –dijo Julia en un intento por negar lo que ambos sentían–. Trent, nunca te perdonaré.

–Lo sé, pero no eres tonta. Tú y yo... Nos compenetramos muy bien.

El estremecimiento que recorrió sus suaves curvas fue lo que Trent necesitaba para sobrevivir aquellos días.

–Y estarías mintiéndote a ti misma si pensaras que no necesitabas ese beso tanto como yo.

Capítulo Cinco

Dos días más tarde Julia no podía pensar en otra cosa que no fuera Trent. Cuando no estaba ocupada en el trabajo, pensaba en su último encuentro con Trent, en aquel beso de lujuria, en la mirada de sus ojos. Cuando la tocaba, despertaba todos los sentidos de su cuerpo, pero ella deseaba que no fuera así. Ningún hombre la había hecho reaccionar como Trent.

Él lo tenía todo. Era apuesto, encantador y tenía mucho *sex appeal,* además de ser inteligente; y sus andares de vaquero la hacían derretirse cada vez que se le acercaba. Algunas veces, cuando obraba su magia y la besaba inesperadamente, ella podía llegar a olvidar que era tan cruel como encantador. Era un alivio saber que se había marchado durante unos días, pero también tenía que reconocer que estaba deseando volver a verlo.

Era una locura.

Él la había manipulado y le había mentido. La había seducido, dejándola en ridículo. Su cabeza le decía que se olvidara de él para siempre, pero su corazón...

Ya había pasado la hora de la cena, pero Julia seguía sentada frente a la nueva campaña publicitaria del hotel. La vista se le nublaba.

Un artista le había pintado Crimson Canyon en un póster y ella había trabajado duro en el lema de la campaña. Con la nueva imagen del Tempest West delante de los ojos, Julia sintió un golpe de energía y supo que iba por el buen camino.

Le dio un sorbo al café, ya frío, e hizo una mueca.

–Qué horror –murmuró, y dejó la taza en la mesa.

Se apoyó en el respaldo de la silla y suspiró. Su cerebro se merecía un descanso. Además, su estómago empezaba a quejarse.

Se levantó y estiró los brazos. Cerró los ojos y empezó a mover la cabeza a un lado y al otro, intentando relajar los músculos.

–Estás muy sexy cuando haces eso –Trent estaba en el umbral del despacho, apoyado contra el marco. Tenía las manos en los bolsillos.

–Has vuelto –dijo ella, sorprendida.

Los ojos de Trent emitieron un destello.

–¿Me has echado de menos? –le preguntó, entrando en el despacho.

–Iba a irme a casa.

Trent hizo caso omiso de sus palabras y miró el póster, que descansaba sobre la mesa.

–¿Es eso? –dijo, acercándose un poco para verlo mejor.

Julia vaciló un instante. Creía tener buenas ideas y la campaña iba bien, pero aún no estaba preparada para una presentación. Cuando se trataba de su profesión le gustaba tenerlo todo bajo control. Sin embargo, Trent siempre se las ingeniaba para desordenar algo en su vida.

–Sí, ya está. Pero todavía no he terminado. Voy a diseñar una invitación especial para nuestra reinauguración. Pero no quiero llamarlo así.

Trent continuó mirando el póster.

–«Vive nuestra leyenda» –dijo, leyendo– «o crea la tuya propia».

Ella se puso a su lado.

–Ahí –le dijo, señalando la parte inferior del póster– es donde pondremos «Tempest West, Crimson Canyon».

Trent la miró de reojo.

–Me gusta el eslogan.

–Gracias –dijo ella suavemente, y oyó cómo le rugía el estómago una vez más.

Trent sonrió.

–Yo también me muero de hambre. He venido directamente desde el aeropuerto. El chef nos traerá la cena. Para dos.

Julia asintió.

–Seguro que puedes comértelo todo –dijo, sacando el bolso de un cajón.

–Salmón a las finas hierbas con arroz basmati.

Aquello sonaba como un manjar celestial, pero Julia sacudió la cabeza.

–Suflé de zanahoria.

–¿Suflé? –repitió. La boca se le hacía agua–. Eso no parece una cena de vaquero.

–Mi apetito no conoce fronteras.

Ella esbozó una sonrisa tímida.

–El chef también nos va a traer una tarta de chocolate de siete capas.

–La especialidad de la casa.

–Puedes ponerme al tanto de todos los detalles de la campaña mientras cenamos.

A Julia le volvió a rugir el estómago, pero Trent no pareció haberlo oído. Ella había pensado pedir una ensalada en el Canyon Café antes de irse a la cama, pero una cena a la carta sonaba muchísimo mejor. No era capaz de rechazar a Trent y a la comida.

–¿Esto es una orden del jefe?

Trent la miró a los ojos.

–No, es solo una petición.

Ella dejó escapar un suspiro.

–De acuerdo, entonces. ¿Cuándo vamos a cenar?

Trent miró la hora.

–En unos minutos.

Mientras Julia ponía en orden los documentos, Trent fue hacia la ventana.

–Acabo de cerrar un trato para traer una camada de caballos salvajes al cañón.

–¿Qué? –Julia creyó que no le había oído bien.

Trent se volvió hacia ella.

–Necesitan un hogar. Están hambrientos y cansados.

–Trent, esto no es un rancho. Es un destino turístico elitista que no está sacando muchos beneficios. ¿Por qué no lo discutiste conmigo antes?

Él se encogió de hombros y sacudió la cabeza.

–Fue todo muy rápido. Haremos que funcione, Julia. Los voy a soltar detrás de Shadow Ridge.

–¿Soltar? Dime que es una broma.

–Los caballos no molestarán a nadie allí. Es una zona prohibida para los clientes.

–Si hubieras esperado a oír mi presentación, sabrías que tenía planes muy específicos para Shadow Ridge, planes que no incluyen caballos salvajes.

Trent contrajo la mandíbula y su mirada mostró determinación. Julia se dio cuenta de que no había forma de disuadirlo.

–¿Qué clase de planes? –preguntó él.

–Visitas guiadas a caballo por las montañas. Charlas de arte, dadas por profesionales. La privacidad, la paz y las hermosas vistas del Crimson Canyon. A la mayoría de la gente le gustaría encontrar un sitio tan retirado como este para reflexionar. Algunos pintarían paisajes, otros montarían a caballo. Les ofreceríamos algo que no pueden encontrar en otro sitio, ¿no?

–Y ahora podrán ver a los caballos salvajes en primera línea.

–¿Puedes controlarlos?

–Ni hablar.

Julia no pudo sino admirar su dedicación hacia esos caballos maltratados y se los imaginó corriendo en libertad por Crimson Canyon. Trent se ocuparía de que estuvieran bien cuidados. Él era un hombre que se preocupaba por los suyos.

–Pero la seguridad de los clientes...

–Los caballos tienen barreras naturales. No irán demasiado lejos. Voy a darles comida y agua y así se quedarán donde tienen que estar. Y no molestarán a nadie.

–¿Y cómo puedes asegurármelo?

–Confía en mí.

Julia jamás volvería a confiar en él, pero el hotel era suyo.

–No puedes permitirte una demanda.

Trent levantó las cejas.

–¿Has oído algo de eso?

–No de ti. Pero, sí. He oído algo. Nuestra primera prioridad son los clientes, y van a pagar el doble por lo que acabo de proponerte. Por favor, dime que no tienes ninguna idea alocada para Destiny Lake. Nada de exhibiciones acuáticas o algo por el estilo.

Trent hizo una mueca.

–Muy gracioso, Julia.

–¿Y bien?

–No. No tengo planes para Destiny Lake.

–Eso es un alivio.

En ese momento llegó el camarero con un carrito y Trent lo hizo pasar.

–Es para dos, Robert. Comeremos aquí mismo, a no ser que la señorita Lowell prefiera comer abajo –dijo, buscando su consenso.

–Así está bien. Estamos trabajando –dijo ella, y le sonrió al camarero.

Robert miró la comida.

–Volveré con otro plato y más cubiertos.

Robert estaba a medio camino de la puerta cuando Trent lo llamó.

–No te molestes. Hay suficientes cubiertos para los dos, pero gracias de todos modos.

Lo acompañó a la puerta y le dio la propina.

–Debe de estar delicioso –dijo Julia cuando Trent destapó los platos.

Una bocanada de vapor llenó la estancia y aromas suculentos hicieron protestar el estómago de Julia otra vez.

Trent puso todos los platos sobre el escritorio y se sentó.

–¿Y ahora qué? –preguntó ella, hambrienta.

Él había dejado marchar al camarero y no había más platos.

–Puedes sentarte a mi lado –le dijo él con voz suave–. O también puedes sentarte en mis piernas y yo te doy de comer. Creo que así disfrutaríamos mucho de la comida.

Una imagen sensual irrumpió en los pensamientos de Julia. Fue hacia él y se inclinó sobre él, quedándose a un centímetro de distancia. Mirando aquellos profundos ojos oscuros, logró resistir la tentación.

–Ahora vuelvo –le dijo.

–¿Adónde vas?

Un minuto más tarde regresó con un plato de papel y cubiertos de plástico.

Trent sonrió al verla.

–Qué práctico.

–Ya lo creo –dijo ella.

Trent le dio el plato de loza y los cubiertos de acero y se sirvió su propia ración en el desechable.

A la mañana siguiente, Trent aparcó el coche junto a los establos y entró en el despacho. Una vez más Julia conversaba con Pete. Su suave risa llenaba la habitación.

Había decidido llevarla a Shadow Ridge para que lo informara de sus planes con todo detalle. Esa era la única forma de entender su propuesta.

El proyecto era arriesgado y a Trent no le importaba correr un riesgo calculado y necesario, pero tenía que asegurarse de que no estuviera intentando hundirlo por venganza.

No creía que ella fuera capaz de tanta maldad, pero tampoco había esperado que fuera tan difícil volver a ganarse su confianza. La quería de vuelta en su cama. Las cosas eran así de sencillas.

–Buenos días –dijo, interrumpiendo la conversación.

Julia levantó la vista con una sonrisa en los labios.

–Buenos días.

Pete hizo un gesto de saludo y se disculpó al salir.

–¿Estás lista para dar un paseo?

–Sí, incluso me he vestido para la ocasión –dijo ella, de muy buen humor.

Trent también habría sonreído de no haber sabido que Pete era el responsable de su alegría.

Unos simples vaqueros, la blusa de algodón y la coleta no hacían sino realzar su belleza natural, fresca y sin maquillaje. Ya fuera con un traje de negocios elegante o con ropa sencilla e informal, Julia Lowell siempre causaba impresión.

–Vamos.

–¿Vamos a quemar el día?

Trent le puso el brazo alrededor de la cintura y la atrajo hacia sí. Su delicado cuerpo lo hizo excitarse al instante.

–Oh –exclamó ella.

–Algo se está quemando. Y si no salimos de aquí ahora mismo, vas a saber qué es.

La tensión chisporroteaba entre ellos. Se miraron durante un instante y entonces él la soltó.

–De acuerdo. Va... vamos.

Trent masculló un juramento para sí. No había una mujer a la que deseara más, pero no estaba dispuesto a hacer una estupidez por ella.

Salió al exterior y fue hacia la cuadra que albergaba a los caballos. Pete había ensillado a Duke y a Honey Girl. Trent tomó las riendas.

–Gracias, Pete. Yo los llevo desde aquí.

El vaquero miró a Julia, que estaba unos pasos detrás.

–Entendido –dijo, despidiéndose con un gesto–. Estaré en el despacho si me necesitan. Que tengan un buen paseo.

Trent ayudó a montar a Julia y emprendieron la marcha. De camino a Shadow Ridge, Julia le habló de sus proyectos. Trent escuchaba con atención y asentía, admirando la belleza de los cactus saguaros y las resplandecientes cumbres de Crimson Canyon.

–¿Qué te hizo pensar en ofrecer charlas de arte? –le preguntó.

–No serán simples charlas de arte, Trent. Contrataremos a un artista de verdad. Él exhibirá sus obras en la galería del hotel y después ofreceremos inspiración en el lugar más pintoresco de la finca. Cuando revisé los cuestionarios de los clientes, me di cuenta de que la mayoría eran amantes de la música y del arte. A mí me parece una buena idea seducirlos con aquello que tanto les gusta. Recuerda que el Tempest West no es un sitio donde pasar una noche de camino a otro lugar. Es un destino. Y nosotros tenemos que darles a nuestros huéspedes lo que les gusta. No han de tener ninguna razón para salir de la finca en busca de ocio. La palabra «exclusivo» será sinónimo de Tempest West. Ese es nuestro gancho. Privacidad, intimidad, entornos naturales y oportunidades únicas.

Trent tiró de las riendas de Duke cuando llegaron a la base de Shadow Ridge.

–Suena bien.

La yegua de Julia se detuvo a su lado.

–El pintor mostrará su trabajo y se hará un hueco en la comunidad de artistas. Tus clientes tienen mucho dinero, Trent. Pagarán más por lo que les ofrecemos. También nos hace falta un buen cantante. Yo he trabajado con Sarah Rose en la Dreams Foundation Charity.

–¿Puedes conseguir a Sarah Rose? –dijo Trent, impresionado.

La cantante de country Sarah Rose era tan conocida como Reba McEntire y Faith Hill.

–Así es. Estoy negociando con su mánager. He hablado con ella en privado y parece que está deseando cambiar de aires. Necesita unas vacaciones. En cuanto le hablé del Tempest West, se mostró dispuesta a venir y a dar pequeños conciertos íntimos cada semana, siempre y cuando le garanticemos privacidad. Ella también será una huésped.

Trent la miró a los ojos. El entusiasmo por su trabajo era más que evidente. Parecía convencida, y eso era suficiente para Trent.

–Si tú crees que funcionaría, adelante.

–Nunca hay garantías, pero yo creo que sí. Todo

está en el envoltorio, Trent. Estoy trabajando duro en una invitación con el nuevo eslogan. Además, voy a hacer otro catálogo.

–De acuerdo –dijo, y miró hacia lo alto de la montaña.

–¿Estás lista para subir?

Julia miró hacia arriba.

–Pete dice que hay otro camino.

–Es más largo y retorcido. Pero, sí, hay otra forma de subir.

–Enséñamelo.

Trent la llevó a lo alto de Shadow Ridge por un camino escondido que rodeaba la montaña. En cuanto llegaron a la meseta, Trent bajó del caballo y ayudó a desmontar a Julia. Sus cuerpos se rozaron un momento y Julia le miró los labios.

Trent sonrió al ver el destello en sus ojos. Se apartó y la tomó de la mano.

–¿Es lo que pensabas? –dijo, caminando hacia el centro de la planicie que dominaba todo Crimson Canyon, donde las rocas se encontraban con los cielos del oeste.

–Sí –dijo ella, soltando el aliento–. Es esto.

–Yo también lo veo –Trent le rodeó la cintura con el brazo y contempló la hermosa vista.

«Tranquilo, retirado, natural...».

La voz de Julia rompió el silencio.

–Si encontraras la forma de ensanchar la senda, creo que a los huéspedes no les importaría hacer el camino más largo a caballo. Es la forma más segura de subir, y llevarían un guía.

–Yo había pensado en soltar a los caballos detrás de la montaña.

–¿Por qué no los sueltas en el cañón?

–No. Se morirían de hambre. No estarían mucho mejor que en el lugar donde estaban antes. No podríamos cuidar de ellos allí.

–Esto es importante para ti, ¿no?

–Lo es –admitió Trent, disfrutando del calor del cuerpo de Julia a su lado. Había estado mucho tiempo sin ella y ninguna otra podía ocupar su lugar–. No puedo sentarme a ver cómo mueren.

Trent poseía una vasta extensión de tierra. Había suficiente espacio para el hotel y para los caballos. Aunque había crecido en una pequeña ciudad con sus hermanos, Trent siempre había soñado con tener una finca donde criar caballos salvajes.

–¿Es más importante que el hotel? –le preguntó Julia con voz suave–. Podrías perder la apuesta con tu hermano.

–Cariño, eso no va a pasar. Siempre encuentro la forma de conseguir lo que quiero.

Julia le puso la mano en la mejilla y le hizo la caricia más dulce. Sus ojos estaban llenos de arrepentimiento.

–Sí, Trent. Lo sé.

Capítulo Seis

Los invitados llegaron en el jet de la empresa un día antes de la fiesta sorpresa. Kimberly y Julia los recibieron en el aeropuerto y los llevaron al hotel en limusina. Con la ayuda de Trent, Julia había preparado una barbacoa de bienvenida en el patio exterior con vistas a Crimson Canyon, y también una visita guiada a Shadow Ridge esa misma tarde.

Al día siguiente iban a celebrar la fiesta sorpresa a orillas de Destiny Lake. De alguna forma, el evento era una buena prueba para el nuevo Tempest West. Los invitados podrían disfrutar de los exclusivos servicios de primera del hotel, los mismos que tendrían los clientes menos de un mes después. Aquello era muy especial para Julia porque su padre, gran amigo del de Laney, también estaba invitado. Llevaba muchas semanas sin verlo y estaba deseando tenerlo a su lado.

En el aeropuerto se besaron y abrazaron con mucho cariño y Julia se alegró de que hubiera aceptado la invitación.

No había nada como el amor de un padre.

Y en ese momento Julia necesitaba todo su apoyo. Desde la traición de Trent, le mantenía a raya. Él le había dejado muy claro que la deseaba y ella ya empezaba a flaquear. Incluso le había permitido besarla en un par de ocasiones. Por las noches, cuando su mente divagaba, soñaba con yacer en los brazos de Trent, dejarle reinar sobre su cuerpo... y explorar el de él. Mantener las distancias con el vaquero estaba resultando mucho más difícil de lo que parecía.

Una hora más tarde Julia vio a su padre en compañía de Trent y de una encantadora señora de pelo cano. Cruzó el camino de piedras para llegar hasta ellos.

–Esta es mi Julia –dijo Matthew Lowell, dirigiéndose a Rebecca Tyler con una sonrisa.

Julia acababa de conocer a la madre de Trent.

Rebecca le extendió la mano y Julia la tomó entre las suyas.

–Es un placer conocerla por fin, señora Tyler, sobre todo en una ocasión tan feliz.

–Oh, por favor, llámame Rebecca –contestó con una dulce sonrisa–. Por fin voy a ser abuela. Ha sido todo un detalle por tu parte preparar esta fiesta sorpresa para Laney.

–Ella es mi mejor amiga, y estoy encantada de hacerlo.

–Yo tenía la misma ilusión, Rebecca, pero Julia está volcada en su carrera en este momento. No hay futuros nietos para mí.

–¡Papá! –exclamó Julia, presa de una ola de calor. Miró a Trent de reojo. Él la observaba con interés.

–Yo llevo muchos años esperando, Matthew –dijo Rebecca.

Trent asintió.

–No se puede negar. Mamá lo dijo alto y claro –dijo el vaquero.

–¿Basta con eso? –preguntó el padre de Julia, sonriendo.

–Lo dudo –dijo Rebecca–. Hace falta algo más que eso.

Matthew dejó escapar una risotada.

Julia levantó las cejas. Su padre estaba flirteando con Rebecca Tyler y ella hacía lo mismo.

–Mi hijo me ha dicho que tienes unas ideas brillantes –dijo la señora, dirigiéndose a Julia–. Ha compartido algunas conmigo, y tengo que decir que me alegro de que trabajéis juntos. Trent no es muy dado a los halagos.

–Gracias, Rebecca. Estoy haciendo todo lo que puedo por... –vaciló un momento y miró a Trent con disimulo–. Por el Tempest West.

Trent le rozó el hombro y Julia captó el aroma almizclado de su colonia.

–Julia va a cambiar la imagen del Tempest West. De hecho, todas las ideas son suyas. Confío en ella plenamente.

A ella se le cortó la respiración al oír esas palabras. Trent nunca había dejado de confiar en su talento. Ella jamás le había dado motivos para hacer lo contrario, pero al oírle decirlo en alto se le ablandó el corazón.

–Gracias –dijo, esquivando la mirada del vaquero–. Mejor será que vaya a ver a los invitados. Ya es hora de almorzar. Rebecca, ha sido un placer conocerte. ¿Me disculpáis un momento?

–Adelante, cielo –dijo su padre–. Yo acompañaré a Rebecca a su asiento.

Trent le dio un beso a su madre en la mejilla.

–Tengo que volver al trabajo, madre –se volvió hacia el padre de Julia–. Encantado de conocerte, Matthew –le estrechó la mano–. Disfrutad de la comida. Os veo luego.

Julia se dirigió hacia la recepción del hotel, pero poco antes de llegar sintió una mano en la espalda.

–Tengo que hablar contigo –le dijo Trent, llevándola hacia las cabañas del complejo–. Es importante.

El corto camino a las cabañas le recordó aquella cita nocturna que habían tenido poco después de su llegada al Tempest West.

–Se trata de negocios, ¿verdad?

–Sí –dijo Trent con la mirada al frente, sin detenerse.

Cuando llegaron a la cabaña vacía más alejada, Trent la condujo a una terraza con unas vistas espectaculares.

–No voy a entrar contigo, Trent –dijo Julia, asediada por recuerdos de pasión y sexo.

Trent la soltó y fue hacia el otro extremo de la terraza cerrada.

–¿Le contaste a tu padre cómo te contrataron en el Tempest West? –le preguntó, yendo de un lado a otro.

–¿Te refieres a tu traición?

–Esa es una forma de verlo. ¿Se lo dijiste?

Julia se hizo de rogar un poco. Suspiró, se tomó un momento y entonces lo miró a los ojos.

–¿Y bien? –dijo él, impaciente.

–No, Trent. No se lo dije. Pero no por ti. No se lo dije porque no quería que supiera que me había dejado engañar tan fácilmente. Tengo algo de orgullo. Además, si se lo hubiera dicho, habría querido que dejara el Tempest West inmediatamente. Su código ético profesional es muy estricto, y es muy protector con su única hija.

–Cariño, no necesitas que te protejan de mí –dio un paso hacia ella.

Julia levantó las cejas.

–¿Ah, no, Trent?

–No. Maldita sea, hacemos muy buen equipo. En la cama y fuera de ella.

Julia ignoró aquel comentario porque en el fondo sabía que era verdad. Aunque hubieran empezado con mal pie, habían trabajado muy bien juntos durante las últimas semanas. Él era competente, eficiente y estaba abierto a nuevas ideas. Además, Julia sabía que jamás encontraría a un compañero de cama mejor.

–¿Por qué te preocupa tanto que mi padre sepa la verdad?

–Tú los viste, Julia. A tu padre y a mi madre. Maldita sea, no puedo creer que vaya a decir esto, pero había algo entre ellos. Debes de haberte dado cuenta.

–Sí, me di cuenta. Fuegos artificiales. Qué ironía, ¿no?

Trent se acercó y habló en un susurro.

–¿Por qué? ¿Porque un Lowell encuentra atractivo a un Tyler?

Julia sacudió la cabeza.

–No, Trent. Porque son mi padre y tu madre.

Con eso bastaba. Julia había albergado la esperanza de estar equivocada, pero Trent también lo había notado. Su padre llevaba mucho tiempo solo, y parecía que Rebecca Tyler también.

Eso era lo último que Julia necesitaba: un lazo familiar con Trent Tyler. Sin embargo, su padre parecía realmente interesado en Rebecca Tyler.

Trent dio un paso adelante y la miró con ojos profundos y oscuros. Un temblor le recorrió las entrañas a Julia, que retrocedió hasta la pared.

–Trent, vete.

Él apoyó las manos en la pared. Acorralada, Julia no pudo sino mirar aquellos ojos hambrientos.

–Oblígame –dijo, deslizando un dedo por su barbilla.

El tacto de sus manos le puso la piel de gallina, y los temblores la sacudieron de arriba abajo. La razón la abandonó y el corazón le latió con fuerza. Aspiró su fragancia, donde aún quedaban vestigios de su masculina colonia.

–¿Qué... quieres?

–Fuegos artificiales –se inclinó hacia delante y la arrolló con un beso que la habría hecho caer al suelo si él no la hubiera sujetado por la cintura.

Julia lo deseaba. Sentía una sed que tenía que calmar. Aquel texano apuesto y duro siempre la hacía arder de pasión.

Su beso le robó el aliento. Le puso los brazos alrededor del cuello y lo atrajo hacia sí. Él gimió cuando sus cuerpos se tocaron; la erección masculina estaba en todo su esplendor.

Trent volvió a rozarle los labios con los suyos y entró en su boca. Julia saboreó cada instante, y por un momento olvidó los motivos por los que debía alejarse de él.

Era difícil rechazar a un hombre como Trent Tyler.

–Ven a verme esta noche –le dijo, entre beso y beso–. Pasa la noche conmigo en mi casa.

No había nada que Julia deseara más. Se verían en su acogedora casita de campo y pasarían una noche gloriosa.

Él había hecho realidad todas sus fantasías sexuales y le había consentido hasta el último capricho; tanto así, que Julia empezaba a sentir algo muy especial por él.

Pero Trent no era perfecto. Había puesto patas arriba su ordenado mundo.

–Sabes que no puedo –le dijo ella sin aliento–. Mi padre está aquí.

Él rompió el beso y la miró fijamente.

–Y también tu madre –añadió, aprovechando la oportunidad para retroceder un poco y mantener la distancia entre ellos–. Querrán pasar tiempo con nosotros esta noche.

Trent reconoció que tenía razón.

–Supongo que lo había olvidado –dijo, mirando sus labios, hinchados por sus besos–. Invité a mi madre a cenar.

Trent le miró los zapatos y arqueó una ceja.

–Esas sandalias iban a ser parte de nuestra exhibición de fuegos artificiales.

Julia tragó con dificultad y se miró las sandalias rojas.

Él pasó por su lado y se detuvo. Volvió a agarrarla de la cintura y la besó rápidamente.

–La próxima vez, cariño –dijo.

Al verlo salir con paso desenfadado, Julia entendió por qué sentía debilidad por ese vaquero testarudo.

Durante la cena Julia se sentó al lado de su padre, frente a Trent y a su madre. Desde la terraza se divisaba Destiny Lake en la distancia. Los destellos de luz de luna incidían sobre la superficie cristalina en la quietud de la noche. Las suaves voces de los otros comensales animaban la velada. Las llamas de las velas parpadearon, sumiendo en sombras a los Tyler.

Julia había intentado esconder su descontento al oír que su padre había invitado a Trent y a su madre a la cena, pero no podía dejar de pensar en lo que tenía con Rebecca.

Aquello solo podía llevar al desastre.

En cuanto terminara su trabajo, no volvería a saber nada más de Trent Tyler. Sería duro sacárselo de la cabeza, pero él le había demostrado una y otra vez que no se podía confiar en él. Ella no competía con otra mujer, sino con ese deseo vehemente de llevar al éxito al Tempest West a toda costa.

—Estoy orgullosa de Trent —dijo Rebecca cuando les sirvieron el vino—. El Tempest West es su sueño, y no dejaría que nadie se interpusiera en sus planes.

El padre de Julia levantó la copa.

—Por el Tempest West y por nuestros hijos, Rebecca. Parece que los dos tienen un sueño.

—Sí, claro. Es un brindis magnífico, Matthew.

Trent los observaba con gesto divertido mientras Julia se revolvía en su silla.

Ella fue la última en levantar la copa, pero no tuvo más remedio que hacerlo. En cuanto las copas chocaron suavemente, ella apartó la vista y bebió un sorbo de vino.

Aunque no quisiera admitirlo, había disfrutado de la cena. Trent había hablado de deportes con su padre y Rebecca y ella habían charlado de arte y moda.

–Texas no significa mucho para mis otros dos hijos, pero Trent se aferró a sus raíces –dijo la madre de Trent–. Evan y Brock se adaptaron a la vida en la ciudad fácilmente, pero él no.

Rebecca lo miró con los ojos llenos de cariño.

–Bueno, mamá –le dijo Trent, bromeando–. No sigas hablando así de mí.

Rebecca puso la mano en la de su hijo y le dio un apretón. Él la miró con dulzura y sonrió.

Julia no se perdió aquel instante.

Cuando su padre sugirió que dieran un paseo por el lago después del café, Julia fue la primera en disculparse.

–Oh, padre, me encantaría, pero tengo que acostarme pronto hoy.

Había ido a Shadow Ridge con los huéspedes esa tarde y todo había salido según lo esperado. Su paseo de prueba había sido todo un éxito y todo el mundo parecía encantado con las maravillosas vistas.

–De acuerdo, cielo. Mañana vas a tener un día muy ajetreado con la fiesta premamá.

–Estoy deseando ver a Laney –confesó Julia–. Espero que todo salga según el plan.

–Así será –dijo su padre–. Tú siempre lo tienes todo controlado. Seguro que no sospecha nada.

—Eso espero, papá.

Matthew se volvió hacia los Tyler.

—¿Trent? ¿Rebecca? ¿Os apetece dar un paseo por el lago?

Rebecca aceptó encantada.

—Eso suena muy bien.

Trent miró a Julia y se lo pensó un instante.

—No, gracias. Tengo trabajo que hacer. Quiero que todo esté listo para poder pasar tiempo con Evan y con Brock mañana.

—Mis chicos apenas se ven ahora que viven en distintas zonas del país —dijo Rebecca.

Trent se puso en pie y ayudó a levantarse a su madre. Julia se levantó y les dio las buenas noches, no sin antes darle las gracias a Rebecca por sus consejos sobre arte nativo americano.

Con el corazón en un puño, Julia vio marcharse a su padre en compañía de Rebecca. Si hubiera sido cualquier otra mujer, habría estado encantada. Su padre se merecía volver a ser feliz.

—Hacen buena pareja —dijo Trent, observándolos—. Seguro que no lo soportas.

Sorprendida ante un ataque tan directo, Julia arremetió de inmediato.

—Tu madre es muy agradable. Muy distinta a ti.

Aquella indirecta dio en la diana.

—Admítelo, cariño. No puedes soportarlo. Mi madre y tu padre juntos...

—Juntos. Ni me lo había planteado.

—Quizá tengas que hacerlo. Tu padre está detrás de mi madre. Y ella no se queja.

–¡Por favor! ¡Si acaban de conocerse!

–¿Como nos conocimos tú y yo en la boda de mi hermano? –Trent arqueó una ceja en un gesto provocativo.

Julia cerró los ojos un instante.

–Bueno, eso es algo que no quiero recordar.

–Parece que los Tyler se sienten atraídos por los Lowell. Podría ser genético. Pero yo creo que se trata más bien de un gusto excelente.

A Julia se le cayó el corazón. Se perdió en las profundidades de los ojos de Trent, que esbozó una sonrisa cálida.

–Estás invitada a venir a mi casa, Julia. Quiero que vengas. A cualquier hora, en cualquier momento, de noche o de día –dijo yendo hacia la entrada posterior de la recepción del hotel.

Con las piernas flojas, Julia se sentó en la silla y se aferró a los reposabrazos. Si hubiera hablado en serio...

Era imposible. Su corazón sabía que la dejaría al cumplirse el contrato. En cuanto reflotara la empresa y ganara la apuesta, él pasaría página.

Ella ya había sido víctima de sus encantos, y entonces la había herido profundamente. A él solo le importaba el hotel.

–¿Julia, te encuentras bien? –le preguntó Kimberly.

–¿Kim? ¿Todavía estás aquí? Pensaba que estarías exhausta después del paseo hasta Shadow Ridge.

–Estoy cansada –se sentó al lado de Julia mientras los camareros recogían las mesas–. Pero me he quedado hasta tarde para terminar con el papeleo.

Julia sonrió.

—Estás entregada al trabajo.

—Y un poco frustrada.

Julia olvidó sus problemas con Trent por un momento.

—¿Qué sucede?

Kim se encogió de hombros.

—Es Pete. Por fin tuve el valor de hablar con él. Hemos quedado tres veces y hemos hablado un poco. Creo que le he dado suficientes señales. Solo me falta arrojarme a sus brazos. Él parece interesado, pero entonces... nada. Me saluda con cortesía, sonríe y sigue de largo.

Julia bajó la vista. Ella era la persona menos indicada para dar consejos en el terreno amoroso. ¿En qué estaba pensando cuando había decidido hacer de celestina entre Pete y Kim? Las cosas eran muy sencillas.

«No te involucres con un compañero de trabajo...».

—A veces es mejor así.

—¿Qué? ¿Es esta la mujer que me dejó a solas con él el otro día?

—No estaba planeado —dijo Julia.

Si Trent decía la verdad sobre Pete, Kim podía sufrir.

—Yo tenía buena intención, pero algunas cosas simplemente no salen bien.

Kim entrecerró los ojos.

—No estás hablando de Pete, ¿verdad? He visto cómo os miráis el jefe y tú. Hay química.

—A veces la química resulta peligrosa, Kim. Ya tuve un romance en el trabajo, pero no salió bien y las cosas fueron muy incómodas después.

Kim la miró fijamente.

–Lo siento –le dijo en voz baja.

Julia se encogió de hombros.

–Ya es historia.

–Creo que estoy enamorada de Pete –confesó Kim.

Julia le puso la mano en el brazo, dando a entender que la comprendía. Los asuntos del corazón debían ser tratados con suma delicadeza.

–Puede que tengas razón. Deja que las cosas ocurran de forma natural. Ten paciencia y déjate llevar. Forzar las cosas sería un error.

–Intento tener paciencia, pero es difícil.

Julia asintió.

–Lo siento. No te he sido de mucha ayuda hoy.

–Lo entiendo, Julia. También estás enamorada.

Julia abrió los ojos y levantó las cejas, sorprendida.

–No. No lo estoy.

Aquellas palabras salieron de su boca con demasiada facilidad, pero Kim no debió de creérselo.

–De acuerdo.

–Olvidémonos de los hombres por esta noche. Mejor pensemos en la fiesta de mañana. Me alegro mucho de contar con tu ayuda.

Las dos mujeres se levantaron y echaron a andar la una junto a la otra.

La mente de Julia se llenó de bebés con caras de angelitos y tartas con merengue.

Esos sí que eran pensamientos felices.

***

Aquella sería la fiesta de premamá con la que tantas veces habían soñado cuando eran adolescentes. Julia mandó poner una enorme carpa blanca junto al lago, muy cerca del embarcadero. Las mesas para ocho estaban cubiertas con manteles blancos y azules decorados con arreglos florales, biberones llenos de golosinas y botitas de bebé hechas a mano. También había juegos, y si los hombres se quejaban, a Julia no le importaría. Tendrían que hacer el tradicional juego del papel higiénico para adivinar el contorno de vientre de Laney y también harían crucigramas de maternidad.

La escultura de hielo con forma de bebé que sostenía una botella dentro de una cuna se derretía en el calor del desierto de Arizona, pero a Julia le habían asegurado que duraba tres horas.

Los invitados ya habían tomado asiento y como la carpa estaba cerrada por tres lados, los clientes que salieran del hotel por la puerta trasera no podían verlos. Todo estaba listo, y Julia se estaba impacientando.

Brock Tyler, el hermano de Trent, se le acercó.

–Trent dice que ya han llegado y que están en la habitación. Los va a hacer salir con la excusa de dar un paseo.

–Oh, gracias –dijo ella, mirando aquellos ojos oscuros y profundos de la familia Tyler.

Brock también era apuesto, pero lo era de otra forma. El hermano del dueño del Tempest West tenía un aire desenfadado y sofisticado, nada que ver con el aspecto duro y serio de Trent. Tenía las manos metidas en los bolsillos de los pantalones negros de Armani que llevaba puestos.

También era un rompecorazones, pero tenía otro estilo.

–Me alegro de que Evan vaya a tener el primer nieto de la familia Tyler –dijo sonriendo–. Ayuda a aliviar la tensión.

–Tu madre estará encantada.

–¿Lo bastante como para dejarnos en paz a Trent y a mí durante un tiempo?

Julia se encogió de hombros.

–No la conozco muy bien, pero supongo que querrá más nietos... al final.

–Entonces le toca a Trent la próxima vez.

Julia levantó la cabeza de golpe y se imaginó a Trent como padre.

Brock la miró fijamente e hizo un guiño de complicidad.

–Me lo suponía –dijo.

–¿Qué? –preguntó ella.

La expresión de Brock sugería que ya sabía demasiado.

–Si mi hermano no estuviera saliendo contigo, yo empezaría a preocuparme por su salud –le dijo al oído.

–Oh, nosotros no...

–¡Ya vienen! –exclamó Kim, levantando el móvil–. Un espía me ha dicho que acaban de salir del hotel.

Brock la hizo entrar en la carpa y ella comprobó las lonas.

–Por favor, guardad silencio. Trent los traerá hasta la entrada de la carpa.

Unos minutos después Trent llevó a Evan y a Laney hasta la cara abierta de la carpa, que miraba hacia Destiny Lake.

–¡Sorpresa! –gritó todo el mundo.

Laney dio un paso atrás y sus ojos se llenaron de alegría. Toda su familia y sus amigos más allegados estaban allí. De pronto vio a Julia entre la multitud y sus ojos se llenaron de lágrimas.

–Oh, Jules, esto es lo que...

No pudo terminar la frase, y Julia fue a darle un abrazo.

–Estás preciosa, cielo –le dijo, mirando su abultado vientre.

Evan le dio un beso en la mejilla a su esposa.

–Eso le digo yo siempre.

El hermano de Trent saludó a Julia.

–Lo has hecho muy bien. Laney no tenía ni idea.

–No sospechaba nada –le dijo Laney–. Gracias, Jules. Esto es... perfecto –se volvió hacia su marido–. ¿Lo sabías desde el principio y me lo ocultaste? Eres muy bueno, Evan. Muy bueno.

Evan asintió con un gesto.

–Ya te lo he dicho.

La invitada de honor miró a los invitados, que incluían amigos, compañeros de trabajo, parientes...

–Y a vosotros no se os escapó nada –les dijo, señalando a su alrededor–. No sé si voy a volver a confiar en vosotros –añadió, entrecerrando los ojos.

Todos se echaron a reír.

Evan tomó a Laney de la mano y juntos avanzaron en medio de la multitud, saludando a todo el mundo a su paso. El padre de Julia y Rebecca se acercaron a la pareja. Una punzada de terror sacudió a Julia, pero la alegría de ver a Laney tan feliz disipó sus inquietudes.

Trent ordenó que levantaran las lonas de la carpa y la brisa de la mañana disipó el calor. Julia no podía haber escogido un día mejor.

—Lo conseguiste —le dijo Trent con admiración.

Julia se relajó un instante y suspiró con tranquilidad.

—Yo quería que todo fuera perfecto. Estoy muy satisfecha con los resultados.

—La mejor empleada en acción.

Julia sonrió.

—A ver qué dices cuando tengas que ponerle el pañal a un muñeco bebé.

Trent se puso pálido y Julia se rio a carcajadas.

—Me temo que todos los hombres tendrán que competir. Y tú, tío Trent, serás el primero.

Julia acompañó a Laney y a Evan a sus asientos y anunció la llegada del *brunch*.

Los camareros sirvieron el primer plato y Julia se aseguró de que todo el mundo fuera atendido. Iba de un lado a otro, entusiasmada, charlando con los invitados.

De repente una mano la agarró del brazo. Era Brock.

—Siéntate —le dijo con una sonrisa, y la sentó al lado de Laney en la mesa principal.

Él se sentó al otro lado. Trent estaba frente a ella, pero en ese momento miraba hacia otra parte.

En cuanto la vio sentada junto a su hermano, arrugó la expresión y lo fulminó con la mirada. Brock había puesto el brazo sobre el respaldo del asiento de Julia.

Laney se echó a reír con disimulo.

—Los Tyler son muy competitivos cuando quieren algo, cielo —le susurró al oído a su amiga Julia.

Como siempre, Laney se había percatado de todo. El embarazo no nublaba la intuición de una mujer, sino que la agudizaba hasta límites insospechados.

Pero ella no era un trofeo.

Agarró el tenedor y lo clavó con fuerza en su ensalada de pepino, ignorando a los rompecorazones que la rodeaban.

Capítulo Siete

–No puedo perdonarle, Laney. No confío en él –dijo Julia esa noche.

Poco después de quedarse a solas con su amiga, se lo había confesado todo sobre su relación con Trent, con todo lujo de detalles. Laney no se habría conformado con menos, y esa era la oportunidad perfecta. Los hombres de la familia Tyler se habían quedado tomando una copa en el Sunset Bar.

Julia se había tumbado en la cama de Laney después de haberla ayudado a hacer una nota de agradecimiento por los regalos que había recibido. La joven ataba y desataba el lazo de un regalo sin cesar.

Laney cerró el libro para bebés que estaba leyendo y miró a su amiga.

–Trent es muy ambicioso. Y competitivo. Pero merece la pena luchar por él, Julia.

–¿Entonces crees que debería olvidar lo que me hizo?

–Evan se propuso destruir la compañía de mi padre y yo le perdoné.

–No te ofendas, cielo. Pero no tenías elección.

Laney se tocó el vientre con cariño.

–¿Lo dices porque me quedé embarazada?

Julia asintió y deseó no haber sido tan directa.

–Eso ha sido lo mejor que me ha pasado nunca. Si no hubiera sido por el bebé, Evan y yo podríamos no haber terminado juntos. Yo lo odié de verdad –esbozó una sonrisa franca–. Durante un minuto.

–Mi situación con Trent es muy distinta –Julia tiró del lazo, lo ató por última vez y lo tiró al suelo. Entonces se incorporó y cruzó las piernas–. Mi orgullo está herido. Trent me hizo daño.

–Pero él te quiere, Julia. Me bastó con verlo contigo esta tarde para darme cuenta. Brock tendría que haber ardido en llamas con las miradas que le lanzaba su hermano.

Julia sonrió al recordarlo.

–Me di cuenta –dijo.

Por desgracia, aquello no era un consuelo. Trent competía con su hermano Brock de todas las formas posibles.

–¿Cómo es que Evan no forma parte de esta rivalidad entre hermanos?

–Porque está locamente enamorado y ya no juega a esos juegos –dijo Laney en un tono serio, y entonces se echó a reír–. Es una broma. Evan también es muy competitivo. Pero su padre murió cuando los chicos eran muy pequeños y, como él era el mayor, asumió muchas responsabilidades. Además, Evan quiere que los hoteles prosperen y un poco de competición sana entre hermanos nunca viene mal. Todo el mundo gana.

Julia entendía por qué, pero habría deseado no convertirse en la marioneta de Trent.

Laney dejó el libro a un lado y se inclinó hacia delante.

–Oye, nunca te he visto así –le dijo, tomándola de la mano–. Estás loca por él, ¿verdad?

Julia contestó con honestidad.

–Desde la primera vez que lo vi. ¿Cómo puedo enamorarme de un hombre en quien no confío? Debería haber aprendido la lección con Jerry Baker. Él era muy ambicioso y me utilizó para ascender profesionalmente. De hecho, creo que los dos tienen mucho en común.

Laney se levantó de la silla y se sentó en la cama, al lado de Julia. Las dos permanecieron en silencio durante unos instantes.

–Si Trent no te hubiera hecho lo que te hizo, no estarías aquí ahora mismo –dijo Laney.

Julia asintió.

–Seguiría el camino profesional que yo misma había elegido.

–¿Dejarías todo lo que has hecho aquí? Las experiencias que has tenido... ¿Lo dejarías si pudieras volver?

–¿Quieres decir si no me hubiera enamorado de Trent?

Laney la miró a los ojos.

–¿Preferirías no haberlo conocido a cambio de recuperar lo que perdiste? Piénsalo.

Julia pensó en Trent. Duro, apuesto, inteligente, divertido... Cuando se llevaban bien, había llegado a creer que él era todo lo que una mujer necesitaba. ¿Qué mujer no querría tener un vaquero como él?

–Esa pregunta no es justa, Laney.

–Puede que no, pero a veces hay que hacer un acto de fe. Tenemos que arriesgarnos para conseguir lo que deseamos, aunque no nos den ninguna garantía. Lo que Trent te hizo está muy mal. Cometió un error...

–Él no opina lo mismo.

–De acuerdo. No es perfecto, pero yo sé que es un buen hombre. Su mayor fallo es que se deja cegar por la ambición. Evan también era así, pero una mujer puede cambiar eso.

Julia escuchó a su amiga y asimiló sus consejos.

–¿Me estás diciendo que debería lanzarme a la piscina sin saber si hay agua suficiente?

Laney entrelazó las manos con las de Julia.

–Solo tú sabes la respuesta a esa pregunta –sonrió–. Tú y yo siempre seremos como hermanas. ¿Pero no sería genial si fuéramos parte de la misma familia? Nada me gustaría más.

Julia le dio vueltas a aquel pensamiento feliz, pero por más que lo intentó, no pudo creer que fuera posible.

–Todavía sigues soñando como lo hacíamos a los quince años, Laney. Yo creo que eso ya lo tengo superado.

–¡Ni lo pienses! –exclamó Laney, convencida–. Tú tendrás todo lo que quieras, Jules, aunque tenga que poner en firme a Trent yo misma.

Julia sonrió. Su amiga intentaba protegerla a toda costa, y ella la quería mucho más por ello.

–Te lo agradezco, Laney, pero me prometiste que no dirías nada. Necesito que cumplas tu promesa.

–Sí, bueno, quizá no debí prometértelo –Laney se puso en pie para estirar la espalda.

–¡Oh! –dijo Laney. Tomó la mano de Julia y se la puso sobre el vientre.

Julia sintió un movimiento y después una patada.

–Dile «hola» a tu tía Julia, cariño –susurró Laney.

–Hola, bebé Tyler –dijo Julia suavemente.

Julia se negó a dejar que sus problemas empañaran ese momento entrañable. Al día siguiente Laney, Evan y el resto de invitados se marchaban a casa, y las cosas volverían a la normalidad en el Tempest West.

Tenía que concentrarse en el trabajo y olvidar a Trent Tyler.

–Te gusta –dijo Brock, dándole un codazo a Trent.

Los hermanos Tyler estaban tomando una copa en el bar.

Trent le dio la espalda a la barra y contempló el paisaje nocturno, iluminado por miles de estrellas. La fresca brisa de octubre le molestaba más que el comentario de Brock. Bebió un sorbo de whisky.

–Lo que tú digas.

–Estás loco por ella –dijo Brock.

Trent no tuvo que mirarlo para ver su sonrisa burlona.

Se encogió de hombros. Tenía muchos años de práctica y Brock ya no lograba sacarlo de sus casillas.

–No es asunto tuyo.

–Es espectacular –dijo Brock–. También debe de tener cerebro si la has contratado para sacar este hotel del agujero. Tengo que conocerla un poco más.

–Tú flirteaste con ella, pero ella no flirteó contigo –dijo Evan–. Eso sí que es una mujer inteligente.

Brock siguió adelante, sin dejarse amedrentar.

–¿Eso es un desafío? Sabes que me gusta competir.

Evan levantó las manos.

–Eso es entre Trent y tú. Yo solo estoy apuntando algo que es obvio. Tus encantos no surtieron efecto hoy.

Trent dejó escapar una carcajada.

Brock no se rio.

–Si no estás interesado, yo podría...

–Piérdete –Trent puso la copa en la barra y miró a Brock a los ojos.

Su hermano se apartó con una mueca en los labios.

–Creo que tengo una respuesta –Brock se bebió el último sorbo de su bebida y le hizo señas al camarero para que le pusiera otra–. Hay rumores sobre la rapidez con que se logró el trato con los restaurantes Bridges. Parece que tiene algo que ver con el contrato de Julia.

–¿Ella te lo dijo? –Trent se preguntó cuánto sabía Brock sobre el trabajo de Julia en el Tempest West.

–Digamos que tengo una intuición muy buena –dijo Brock con una media sonrisa–. Y sé sumar dos más dos. Llevábamos meses detrás de ese acuerdo y, de repente, logras un trato con ellos.

Trent sacudió la cabeza.

–Te estás tomando demasiadas molestias para estar tan seguro de conseguir la victoria. ¿Acaso te has asustado al ver este lugar?

–¿Asustado? Claro que no. No tienes nada que hacer. Este lugar –dijo mirando alrededor– no está mal. Tiene un buen ambiente y estilo. Pero está aislado y no tiene gancho suficiente para que los clientes vuelvan.

Trent no opinaba lo mismo. Él creía en el talento de Julia.

–Si estás tan seguro, ¿quieres subir las apuestas?

–¿Qué tienes en mente?

Mientras Trent buscaba un trofeo, Evan hizo una propuesta.

–¿Qué tal el «pájaro»?

–Es tuyo, Ev –dijo Brock con la voz llena de envidia sana.

Aquel Thunderbird clásico llevaba muchos años en el garaje de su madre, que acababa de anunciar que estaba dispuesta a deshacerse de él.

–Por derecho te corresponde a ti.

–Por ser el primogénito –añadió Trent.

Evan hizo una mueca.

–Ah, pero ahora yo tengo todo lo que necesito. Y no soy aficionado a los coches. Nunca lo he querido tanto como Trent y tú. De niños se os caía la baba por él. Había pensado en dároslo a uno de los dos, pero no sabía a cuál. Esto es mejor que echarlo a suertes, ¿no? Y como los dos estáis muy seguros de ganar la apuesta...

Trent y Brock se miraron y asintieron. Parecía un buen plan. Evan tenía razón: a Trent le encantaba aquel coche; un incentivo más para hacer del Tempest West un hotel de primera.

–Yo me apunto.

–Y yo –dijo Brock.

Trent le estrechó la mano a su hermano.

–¿Trato hecho?

–Trato hecho.

***

–Como fuisteis los padrinos de nuestra boda y como os queremos mucho –empezó a decir Laney–, nos gustaría haceros una pregunta –le agarró la mano a su marido.

Los cuatro estaban sentados en el balcón de la suite y la luz de la mañana se reflejaba en las cristalinas aguas de Destiny Lake. Porcelana elegante y flores amarillas adornaban la mesa. El aroma a café recién hecho llenaba el aire.

Aquella invitación a desayunar estaba rodeada de misterio.

«Los dos tenéis que venir a desayunar con nosotros...».

Laney miró a Evan y él hizo un gesto con la cabeza. Ella sonrió y los dos intercambiaron miradas secretas de amor.

Un golpe de calor le inundó las mejillas a Julia. Ella lo habría dado todo por que un hombre la mirara así, con amor y sinceridad. También se merecía ser amada de esa forma y no se iba a conformar con menos.

Por desgracia, Trent no era capaz de sentir esa clase de amor, por lo menos no con ella. Él había dejado sus prioridades muy claras, así que no había lugar para la esperanza.

La voz sincera de Laney interrumpió sus pensamientos.

–A Evan y a mí nos gustaría mucho que fuerais los padrinos de nuestro hijo, cuando llegue.

Aquella petición tomó a Julia por sorpresa. Ella siempre había esperado tener aquel honor, pero oírselo decir a Laney lo hacía todo tan real... Las lágrimas no la dejaron encontrar las palabras adecuadas. Desbordada por la emoción, solo pudo asentir con un gesto.

Por debajo de la mesa, Trent le puso la mano en el muslo. Su miradas se encontraron un momento y una sonrisa asomó a sus labios.

—Creo que eso es un «sí» de los dos —dijo él, y le dio un pequeño apretón antes de retirar la mano.

Todos se pusieron en pie y empezaron a hablar al mismo tiempo. Evan estrechó la mano de Trent y le dio un abrazo. Laney y Julia se abrazaron con fuerza y las lágrimas corrieron por sus mejillas.

Evan sirvió el champán y todos brindaron por los padrinos del bebé y...

—Por mi hermano, Trent —dijo Evan.

Trent y Julia alzaron las copas, las chocaron y bebieron un poco de champán. Laney bebió un pequeño sorbo y dejó la copa en la mesa.

—Muchas gracias a los dos. Sé que vais a ser unos padrinos excelentes. Ojalá pudiéramos quedarnos más, pero tengo una cita con el médico mañana.

—Y yo tengo que volver al trabajo. Tengo que pagarle la universidad a mi hijo —dijo Evan con un guiño.

Laney sacudió la cabeza y sonrió.

—Antes tendrá que pasar por preescolar, ¿no?

Cuando terminaron de desayunar, se despidieron con la promesa de avisar en cuanto Laney estuviera de parto. Julia no iba a perderse ese momento por nada del mundo.

Una limusina blanca llevó a los futuros padres al aeropuerto. Pero ellos no fueron los únicos que se marcharon. Julia tuvo que despedir al resto de invitados.

Decirle adiós a su padre no fue nada fácil, sobre todo porque parecía un poco triste. Julia le había oído decirle a Rebecca que la llamaría, y la madre de Trent parecía encantada.

—Déjalos boquiabiertos —le dijo su padre antes de irse.

—Por supuesto. ¿Es que no confías en mí? —se despidieron con un beso y prometieron llamarse todos los días.

Más tarde, Julia estaba en su despacho, absorta en sus propios pensamientos. Había tanto que hacer todavía... Esa misma semana iban a enviar las invitaciones y los catálogos. La nueva imagen del Tempest West estaba a punto de nacer con más prestigio.

No se dio cuenta de la llegada de Trent hasta que levantó la vista y lo vio de pie delante del escritorio. Llevaba unos vaqueros gastados, un sombrero negro y una camisa de cuadros azul oscuro... desabrochada a la altura del cuello. Había una mirada desafiante en sus ojos.

A Julia le dio un vuelco el corazón y decidió fingir estar muy ocupada. Tomó la invitación de muestra.

—La llamaremos Fiesta de Aniversario y solo se podrá asistir por invitación. Una nueva inauguración daría la impresión de que la primera fue un fracaso.

—Bien pensado —dijo Trent. Se apoyó en el escritorio, cruzó las piernas y los brazos y miró a Julia.

—Deja de mirarme —le dijo ella, incómoda. Se puso a mirar el nuevo formato del catálogo.

Trent esbozó una sonrisa pícara.

–Quiero hacer algo más que mirarte.

Julia negó con la cabeza.

–Eso no va a pasar.

–¿Quieres apostar?

Julia dejó los papeles a un lado. Trent no quería hablar de negocios.

–Por aquí sobran las apuestas, incluyendo el coche clásico de tu padre, por lo que he oído.

Laney la había puesto al tanto.

El padre de Trent había muerto joven. John Tyler sentía debilidad por los coches antiguos, pero solo había podido restaurar uno, un Thunderbird azul turquesa de 1959.

–Ese premio será para mí. Sin duda alguna.

La confianza de Trent no tenía límites.

–Eso espero. Si es así, significará que he hecho bien mi trabajo. Ahora, si no te importa, tengo cosas que hacer.

–Sí me importa –dijo Trent en un tono tajante.

Se inclinó hacia delante y la agarró de la cabeza. Buscó su mirada un instante y entonces la besó hasta hacerla perder la razón. El beso duró cerca de un minuto, y cuando Julia logró tomar aliento se dio cuenta de que la había sorprendido en un momento de debilidad. Trent conocía sus momentos vulnerables y sabía cómo volverla loca.

Trent la hizo incorporarse y ella se arrojó a sus brazos libremente. Él le puso las palmas en el trasero y se apretó contra ella hasta hacerla sentir su erección.

–Quiero tumbarte sobre este escritorio y hacerte el

amor hasta que olvidemos en qué planeta vivimos –le susurró al oído.

Julia miró el escritorio; una hoguera de deseo ardía en su vientre. Trent ladeó la cabeza y le lanzó una sonrisa fugaz.

–Julia, tengo una pregunta... –Kim irrumpió en el despacho con un montón de carpetas.

La joven se detuvo en mitad de la habitación, asombrada.

–Oh, lo siento, Julia... Lo siento mucho –dijo, y salió del despacho al tiempo que Julia se apartaba de Trent–. Volveré más tarde.

–Sí, vuelve más tarde, Kim –dijo Trent, molesto.

Julia sintió un fuego abrasador en la garganta. En cuanto Kim se marchó, sacudió la cabeza y señaló a Trent con el dedo.

–¿Cómo esperas que haga mi trabajo si entras aquí y...?

Él se encogió de hombros.

–No lo tenía planeado.

Ella cerró los puños y los apoyó sobre las caderas.

–¿Ah, no?

–Vine por una razón, y no fue para seducirte... Y no es que eso sea mala idea. Si Kim no hubiera sido tan inoportuna, ya estarías desnuda sobre el escritorio y estaríamos...

–¡Basta! –Julia ahuyentó de su mente aquella imagen apasionada.

Lleno de confianza, Trent contraatacó.

–Te ha gustado, ¿eh? –le dijo, sonriendo.

A Julia le faltó decisión. Trent la hacía perder el

equilibrio con sus directas e indirectas. Su disciplina organizada se tambaleaba cuando él estaba cerca y su propio cuerpo la traicionaba cuando la tocaba.

Julia miró los catálogos y trató de esconder el deseo que él había descubierto.

–Dime a qué has venido.

Trent hizo una mueca.

–Los caballos salvajes han llegado.

Julia parpadeó al oír la noticia.

–He pensado en lo que me dijiste sobre poner en peligro a los huéspedes y creo que he encontrado una solución.

–¿Y?

–Me gustaría que vieras lo que tengo en mente.

Trent esperó una respuesta con paciencia.

El Trent Tyler que la había llevado al cielo unos minutos antes era muy peligroso, pero el que estaba dispuesto a jugarse el dinero y el orgullo porque creía en ella lo era mucho más.

–¿Y bien?

–Vamos –dijo ella, pensando que era mucho más seguro acompañarlo a Shadow Ridge que quedarse sola con él en el despacho.

Capítulo Ocho

–Ha llegado Sarah Rose –dijo Kim sin aliento–. ¡No me lo puedo creer, Julia! Siempre he sido fan de ella. Me encanta su música.

Julia se puso en pie de inmediato. Le había pedido a Kim que la avisara en cuanto llegara la limusina.

–No quiero un aluvión de fans, Kim. Recuerda que ha venido antes de tiempo para descansar un poco. Debemos tratarla como un huésped especial. Su privacidad es lo más importante ahora.

–Lo sé –dijo Kim, frotándose las manos–. Yo me ocupo. Te lo prometo.

–¿Dónde está Trent? –preguntó, saliendo del despacho.

Kim fue tras ella.

–Fue a ver a los caballos de nuevo. Volverá a mediodía.

Todo había salido bien con los caballos. Por suerte, Trent había accedido a proteger el área de Shadow Ridge poniendo una verja y usando las barreras naturales para garantizar la seguridad de los huéspedes. Había cercado una pequeña zona en la que los animales podían moverse con total libertad, y los huéspedes podían observarlos desde lo alto de Shadow Ridge.

A pesar de las miradas hambrientas y algunos comentarios insinuantes, había sido fácil trabajar con Trent. La relación que habían mantenido en el pasado había quedado relegada a un segundo plano, y Julia sentía un gran alivio. Habían aunado esfuerzos y hecho un buen trabajo transformando al Tempest West en lo que Julia había soñado. Habían contratado a un artista, Ken Yellowhawk, un indio *cherokee* de impresionante currículum. Sus hermosos paisajes serían expuestos en la galería del hotel y también se impartirían conferencias y clases de arte.

Sarah Rose atraería a los amantes de la música country. Los espectaculares cañones del suroeste y las flamantes puestas de sol eran el escenario perfecto para sus baladas sentimentales.

–De acuerdo, así está bien –le dijo a Kim–. Trent la conocerá más tarde. Yo la llevaré a su habitación y me aseguraré de que esté cómoda.

Kim le lanzó una mirada resignada y Julia se echó a reír.

–Te prometo que te la presentaré pronto. Necesito que te ocupes de la seguridad que Trent contrató durante la estancia de Sarah Rose.

Kim asintió.

–Llega hoy. Cody Landon –dijo.

–¿Viene personalmente? ¡Vaya! Trent lo tiene todo controlado –exclamó Julia.

Cody «Code» Landon era el dueño de una agencia de seguridad de primera línea. Por lo que había dicho Trent, él era el mejor en su campo, y su empresa tenía vínculos comerciales con la cadena de hoteles. Sus sistemas de seguridad funcionaban en todos los Tempest del país.

–Trent dijo que había insistido en venir personalmente. A lo mejor también es un fan –añadió Kim.

–Por favor, avísame cuando llegue. Mejor será que me ponga en marcha.

Una escalofrío de emoción le recorrió las entrañas a Julia mientras bajaba en el ascensor rumbo a la entrada del hotel para recibir a Sarah Rose. Su proyecto estaba a punto de hacerse realidad. El Tempest West dejaría de ser una parada en el camino para convertirse en un destino exclusivo, un lugar para disfrutar de las vistas, montar a caballo, asistir a conciertos y conferencias de arte.

Julia había programado barbacoas, conocidas como Hot Roasts, para los huéspedes que quisieran tomar un aperitivo a medianoche. Había convencido a Pete para dar clases de ensillado y de mozo de cuadra a primera hora de la mañana, antes de que los huéspedes salieran a montar a caballo. Todo estaba diseñado para que los clientes sintieran que formaban parte del hotel.

«Vive nuestra leyenda o crea la tuya propia».

Julia respiró hondo y sonrió. Todo había salido según lo previsto y una ola de energía le recorría el cuerpo. Julia conocía el éxito profesional y sabía que el hotel de Trent saldría adelante. Eso era todo en lo que tenía que pensar en ese momento.

El conductor ayudó a bajar a Sarah de la limusina. Julia saludó con la mano y fue a su encuentro.

–Sarah, hola de nuevo. Me alegro mucho de verte.

Sarah se puso erguida y sonrió. Su ojos verdes, ligeramente más oscuros que los de Julia, se iluminaron de inmediato.

–Hola, Julia. Yo también me alegro de verte de nuevo. Estoy deseando… –empezó a decir, admirando el entorno–. Estar aquí.

–¿Y tomarte un más que merecido descanso? Te prometo que no te haremos trabajar duro. Todo es muy informal. Sin cámaras ni fans. Lo mejor es que no tenemos que preparar nada hasta el final de la semana.

–Eso suena fenomenal –dijo con un marcado acento texano.

La estrella del country parecía cansada. Sus hermosos ojos se apagaron rápidamente y Julia se dio cuenta de que realmente necesitaba darse un respiro.

Ella no leía la prensa sensacionalista, pero todo el mundo sabía que Sarah Rose tenía una apretada agenda de conciertos, apariciones públicas y galas benéficas. Se la había relacionado con jugadores de rugby, estrellas del rock y productores. Julia no le envidiaba la fama. Más bien pensaba que Sarah se había visto inmersa en un mundo arrollador y desconocido a una edad demasiado temprana.

En ese momento apareció Kirby. Julia hizo las presentaciones y entonces reparó en la expresión de Kirby. El veterano vaquero era un fan incondicional del country, y Sarah Rose era la figura más estelar, pero él se limitó a tocarse el sombrero y a recoger el equipaje.

Julia pensó que había que invitarlo a una de las actuaciones de la estrella y le dio el número de la suite de la cantante para que dejara allí las maletas.

Entonces puso el brazo sobre los hombros de Sarah y la condujo a la entrada del hotel.

–Gracias por venir. Me has salvado la vida.

–Puede que sea al revés –contestó Sarah con una sonrisa–. Yo necesito estar aquí tanto como vosotros me necesitáis. Sé que no es de sabios decirlo –añadió–. Mi mánager me aconsejaría lo contrario, pero yo sé que es la pura verdad.

Por lo que Julia sabía, el mánager de Sarah era muy dominante, y controlaba hasta el último detalle de su carrera.

–Bueno, entonces es un trato justo. Sé que te encantará este lugar. Y nadie te molestará. Trent ha contratado un servicio de seguridad adicional para garantizar tu privacidad.

–Te lo agradezco.

–Trent está con los caballos, pero quiere conocerte.

Boquiabierta, Sarah se detuvo al subir al rellano que daba paso a la enorme recepción del hotel. La artista contempló los ventanales panorámicos.

–¿Todo esto y caballos salvajes? –los ojos de Sarah brillaron–. Yo crecí en una pequeña finca cerca de Dallas. Era una comunidad de granjeros. No tenía nada que ver con esto, pero me lo recuerda mucho.

–Aquí hay mucha paz, Sarah, y creo que tendrás una experiencia única con... –Julia estuvo a punto de decir «nosotros». Pero el Tempest West no era suyo. Ella solo era una simple empleada– hospedarte en el Tempest West será una experiencia única –dijo finalmente, intentando arreglar la frase.

Sarah no se dio cuenta de nada. Pronto llegaron a la cabaña con vistas a Destiny Lake, y Julia se aseguró de que no le faltara de nada. Sarah le dio su número privado y acordaron verse más tarde.

***

–Sinceramente, no esperaba que vinieras personalmente –dijo Trent, estrechando la mano a Code Landon. El responsable de la seguridad de Sarah Rose lo había esperado en su despacho.

–Dijiste que querías lo mejor.

Trent arrojó el sombrero sobre el sofá de cuero y lo invitó a tomar asiento. Code se sentó delante del escritorio.

–Creo que lo he conseguido –dijo, y sonrió fugazmente.

Cody Landon era amigo de Brock y la cadena Tempest había contratado los servicios de seguridad de la Landon Security Agencia para supervisar toda la gestión de los hoteles. La empresa de Cody tenía mucho prestigio entre las agencias de seguridad y vigilancia. Trent ya tenía un pequeño equipo de la agencia de Landon trabajando para él en el hotel. Ellos le habían instalado medidas de seguridad en las instalaciones del hotel antes de la inauguración.

–He oído que tenías pensado delegar trabajo –dijo Trent, recostándose en el respaldo de la silla.

¿Por qué había decidido hacerle de canguro a una celebridad?

Code hizo una mueca.

–¿Te lo dijo tu hermano?

–¿Brock? –Trent se rascó la cabeza, tratando de recordar–. Sí, puede que sí.

–Puede que te lo haya dicho después de tomarse un

par de copas –admitió con rostro serio–. Mi trabajo me consume la mayor parte del tiempo. No hay sitio para nada más.

Trent lo entendía perfectamente. Él llevaba muchos años entregado a los hoteles, pero el Tempest West era su niña bonita. Llevaba meses comiendo, durmiendo y respirando en él, y nada era más importante que llevarlo a lo más alto.

–No es que me queje, ¿pero por qué tú? Podías haber enviado a los expertos de tu equipo. Tenemos tu servicio de seguridad. Solo necesitábamos un refuerzo. Eso es todo.

–A lo mejor quería ver el Tempest West con mis propios ojos. A lo mejor echo de menos el trabajo de calle. A lo mejor me gusta la música country.

«O a lo mejor no es ninguna de esas cosas», pensó Trent. Debía de haber otra razón, pero a menos que Cody decidiera decírsela, no habría forma de saber la verdad.

–Muy bien. Sabes que Sarah Rose llegó esta mañana. Queremos que su estancia aquí sea lo más tranquila posible, así que la seguridad a su alrededor será sutil, pero eficiente. La celebración de nuestro aniversario empieza dentro de una semana, solo por invitación. La presencia de Sarah será nuestro gancho principal. Ella hará unos cuantos espectáculos privados junto al lago. Hemos colocado pantallas para proteger a los invitados y no debería haber ningún problema. Esperamos que el hotel se llene.

–Ya está todo lleno –dijo Julia, de pie junto a la puerta del despacho.

Tenía una expresión autosuficiente y llevaba un traje de dos piezas de color marfil que acentuaba sus redondeadas curvas y exhibía sus largas piernas. El escote de la chaqueta dejaba ver un atisbo de piel delicada, suficiente para hacer tragar en seco a Trent.

La joven entró en el despacho y le estrechó la mano a Code.

—Soy Julia Lowell. Siento no haber podido recibirlo.

Code se puso en pie y miró a Julia con detenimiento.

—Ha merecido la pena esperar, señorita Lowell. Hemos hablado por teléfono.

—Sí —dijo ella con una sonrisa—. Así es.

Julia lo puso al tanto y cuando le preguntó por qué había ido personalmente, el responsable de seguridad le dio una respuesta tan críptica como la que le había dado a Trent.

No había forma de sacarle nada.

—Voy a dar una cena en mi suite esta noche para Sarah Rose. Trent también estará allí. Quizá sea una buena ocasión para que se conozcan. ¿Le gustaría cenar con nosotros?

Code no lo dudó un instante.

—Gracias.

—Sarah ha tenido un año muy ajetreado. Quiere pasar desapercibida. Creo que está exhausta mental y físicamente. Está sola, sin equipo ni mánager. Me parece que últimamente no ha tenido mucha privacidad. Esperamos que disfrute de su estancia y que quiera volver para otros compromisos.

Code permaneció impasible, pero sus ojos emitieron un extraño destello.

–Tengo informes suyos. Tiene razón. Ha sido un año muy duro para ella –añadió, haciendo una mueca–. Hablaré con mi equipo de seguridad y me reuniré con ustedes para la cena.

Julia asintió.

–A las ocho. Yo estoy en la suite Palomino, en el edificio principal.

Cuando Code salió del despacho, Trent sonrió abiertamente y tomó a Julia de la mano.

–¿Está todo lleno? –le preguntó.

Estaba de buen humor.

–Durante tres semanas y el teléfono de reservas no deja de sonar. Me parece que estaremos completos durante todo el mes. Las invitaciones privadas surtieron efecto. No les ha importado que doblemos el precio de las habitaciones.

–Todo es gracias a tu duro trabajo. Tú lo has conseguido –Trent la agarró de la cintura y aspiró su fragancia embriagadora.

–Solo averigüé qué necesitaba tu clientela. Y se lo di.

–¿Te he dicho que eres maravillosa?

–¿Lo soy?

La expresión de Julia se volvió seria. Las palabras del vaquero ya no sonaban sinceras.

–Eres mi mejor empleada.

Julia bajó la cabeza y asintió.

–Solo hago mi trabajo, Trent –se apartó de él y lo miró con ojos acusadores–. Me contrataste para ello, ¿recuerdas?

Trent se rindió. Aquella mirada defensiva no auguraba nada bueno. Ella no lo había perdonado todavía por la forma en que la había manipulado. Sin embargo, a pesar de todo, había hecho las cosas bien y no había dejado que el resentimiento se interpusiera en su trabajo.

Y eso era digno de admiración.

—Sí, pero te mereces algo más de mí.

Julia abrió sus preciosos ojos verdes.

—¿Algo más?

Él asintió.

—Un extra. Cuando todo termine, he pensado en darte...

Julia frunció el ceño.

—¿Estás hablando de un extra de dinero, Trent?

Trent asintió.

—Claro.

Julia se quedó boquiabierta y su rostro reflejó la decepción que sentía. Entonces respiró hondo y habló en un susurro.

—Que sea bueno, Trent. Dios sabe que me lo merezco por tener que soportarte.

Dio media vuelta y salió del despacho dando un portazo.

Ya en su habitación, Julia iba de un lado a otro. Su furia crecía por momentos. No podía creerse lo que acababa de pasar. ¿Acaso el tiempo que habían pasado juntos no significaba nada para él? ¿No sabía que lo que ella deseaba no tenía nada que ver con el dinero?

Todo lo que hacía estaba relacionado con el hotel. Sin embargo, en lo profundo de su corazón Julia esperaba ese algo más. Ella quería tener un futuro con él.

«Y vivieron felices y comieron perdices...».

Pero Trent la veía como un mero instrumento, un medio para reflotar el Tempest West; una forma de derrotar a su hermano Brock en aquella absurda apuesta.

—Eres un idiota, Trent —murmuró.

Fue hacia el salón con la intención de arreglarse para la cena, pero finalmente regresó al dormitorio y se dejó caer en la cama. Las lágrimas corrieron por sus mejillas, sin control.

Trent estaba dejando escapar algo mucho más valioso que el hotel. Ella lo sabía, pero él no veía más allá de su propia ambición.

—Insensible, arrogante —susurró antes de sucumbir al cansancio.

Cerró los ojos y se dejó llevar por el sueño. Podía dormir unas horas antes de la cena de gala, y era el momento de darse un respiro.

Cuatro horas más tarde una nueva Julia se despertó del sueño. Organizó las ideas meticulosamente y decidió no darle la satisfacción de saber que le había hecho daño. De hecho, ofrecerle una recompensa monetaria por sus esfuerzos era una buena forma de hacer negocios.

Aceptaría la paga extra porque había trabajado duro y se merecía hasta el último céntimo.

Se puso un largo traje negro de satén, unos pendientes colgantes y se dejó el cabello suelto. Eligió el rojo para los labios y un toque de sombra verde en los párpados.

En cuanto la mesa cercana al balcón estuvo lista, hizo retirarse a los empleados y fue hacia la suite de Sarah, situada en el extremo más alejado de la finca. Tocó a la puerta y Sarah abrió con prudencia. Al ver de quién se trataba sonrió aliviada.

–Estoy lista –dijo al salir.

Los ojos azules de Sarah brillaban con intensidad y su rostro parecía más relajado.

–Han sido las mejores horas que he pasado en mucho tiempo.

–¿De verdad? ¿Qué has hecho? –le preguntó Julia de camino al edificio principal del hotel.

–Me di un baño. Leí. Dormí la siesta. Nada de llamadas ni mensajes de texto. Apagué el móvil –sonrió–. Ha sido como estar en el cielo.

–Puede ser así todos los días. Nosotros nos encargaremos de ello.

Sarah, vestida con un precioso vestido de lunares, era el vivo retrato de una chica de campo, nada que ver con la estrella rutilante de los medios.

–Aquí sí que saben mimar a una chica.

–Esto no es nada –le dijo Julia, bromeando.

Entraron en la suite y tomaron asiento en el salón. Hablaron de la Dreams Foundation y de los proyectos benéficos que tenían previstos para el periodo de vacaciones.

–Tengo una serie de conciertos programados en Nueva Orleans y todos los beneficios serán destinados a la fundación. Vamos a ayudar a las víctimas del Katrina. Muchos niños y sus familias siguen estando desplazados.

Llamaron a la puerta. Julia se puso en pie y respiró hondo.

—Debe de ser Trent Tyler, el director del hotel. Viene acompañado del responsable de la seguridad. Espero que no te importe. Trent y yo creímos que deberíais conoceros. Creemos que es necesario para tu seguridad.

Sarah se puso en pie.

—Está bien, Julia. No quiero que mi presencia aquí afecte al funcionamiento normal del hotel. Por desgracia, estoy acostumbrada a los refuerzos de seguridad.

Cuando Trent y Cody entraron en la suite, Julia se dispuso a hacer las presentaciones, pero Sarah le lanzó una mirada a Cody y su expresión cambió de forma radical.

—Hola, Sarah —dijo Landon, sin esperar a ser presentado.

—Cody —dijo ella, mirándolo fijamente.

Fue como si Julia y Trent no estuvieran en la habitación. Después de un silencio incómodo, Sarah recuperó la compostura y les explicó que Cody y ella habían sido amigos de la infancia en Texas y que llevaban diez años sin verse.

Julia se dio cuenta de que había algo más en todo aquello.

Sarah se mantuvo impasible durante la cena, pero Code no dejó de mirarla durante toda la velada. Después de tomar el café y el postre, Code se ofreció a acompañarla de vuelta a su suite, y Sarah accedió.

—No sabía que se conocían —dijo Trent cuando se marcharon.

—Es evidente que no quería que lo supiéramos. Debe

de tener una buena razón. Hablaré con Sarah mañana por si hay algún inconveniente.

–Buena idea –dijo Trent, yendo hacia la ventana del balcón.

La habitación quedó sumida en el silencio.

De pronto se dio la vuelta y la miró con ojos ávidos.

–No sabía que una paga extra te molestaría tanto. Estoy orgulloso de ti y quería demostrártelo.

El derroche de encanto de Trent podía embelesar a una serpiente de cascabel, y así era como se sentía Julia en ese momento. Él solo quería agradecerle su trabajo, pero ella había actuado con soberbia. Después de todo, era su jefe.

El apuesto vaquero tenía una expresión sincera. A Julia le dio un vuelco el corazón y entonces recordó las palabras de Laney. Su amiga le había dicho que luchara por Trent y por conseguir lo que deseaba.

–Creo que quería algo más de ti, Trent –le dijo, dejando a un lado el orgullo.

Trent dio un paso adelante hacia ella. Sus ojos estaban llenos de dudas.

–Llevas semanas rechazándome. No he mirado a ninguna otra mujer desde que te conocí, y sé que te deseo –deslizó un dedo por el contorno de su mejilla, haciéndola sentir un hormigueo de placer–. Tú y yo podemos prender fuego a esa cama –deslizó el dedo por su cuello y siguió la línea del hombro–. Podemos pasarlo muy bien juntos.

Le bajó el tirante del vestido.

–Eres preciosa, Julia. Y muy inteligente.

La besó en el hombro y Julia tembló de deseo.

–Siento una gran admiración por ti.

Volvió a besarla cerca de la V del escote.

–Te deseo de todas las maneras en que un hombre puede desear a una mujer.

Le bajó un poco el vestido, descubriendo la parte superior de sus pechos, y entonces la besó justo ahí. Julia perdió el control.

–Mucho más –Trent continuó.

–Trent –susurró ella–. No sé si puedo confiar en ti.

Lentamente, él le bajó el otro tirante y el traje se deslizó por su cuerpo hasta la cintura. El frescor de la noche le acarició los pechos.

–Yo te pido que lo hagas –dijo. La tomó en brazos y la llevó al dormitorio.

Julia le rodeó el cuello con los brazos. Sus miradas ardientes se encontraron y el corazón de ella empezó a retumbarle dentro del pecho.

Trent la acostó en la cama y se inclinó sobre ella.

–Dime lo que quieres.

Julia sabía muy bien lo que quería, pero no podía obligarlo a amarla; no podía dar voz a los deseos más íntimos de su corazón. Quería a ese hombre para el resto de su vida, ser la madre de sus hijos y envejecer a su lado.

Quería confiar en él.

El tumulto de ideas duró un instante. No podía rechazarlo cuando lo que más deseaba era sentir sus besos, sus caricias... Quería tenerlo dentro de ella, quería que le hiciera el amor.

–Quítate la camisa –le dijo.

Trent arqueó las cejas de forma provocativa e hizo

una mueca. Se desabrochó la camisa lentamente, descubriendo unos pectorales bronceados y fornidos. Tiró la camisa al suelo y la miró fijamente.

–Ahora las botas, vaquero.

Él se sentó en el borde de la cama. Se quitó las botas de piel de serpiente y las colocó junto a la cama.

La visión de aquellos zapatos junto a su cama de matrimonio le tocó la fibra sensible a Julia.

–Yo no me desnudo delante de cualquiera porque me lo pidan, Julia –le dijo, todavía sentado en la cama.

–¿Eso significa que eres discreto?

–Eso significa que solo lo haría por ti.

Julia sonrió y su corazón dejó de latir un instante.

–¿De verdad? Nunca me lo habría imaginado.

Pero Julia ya sabía que Trent no era ningún mujeriego, y tampoco había una larga lista de mujeres en su pasado.

Él la agarró de los tobillos y tiró de ella, arrastrando las sábanas.

–Ahora lo sabes –le dijo antes de darle un beso apasionado.

Ella ansiaba probar su sabor una vez más y, cuando aspiró su aroma varonil, dejó escapar un suspiro de placer.

Trent sonrió.

–Me importas, Julia.

–Hazme al amor, Trent.

–No me lo pidas dos veces.

Él tiró del vestido y ella retorció las caderas para quitárselo. Entonces Trent le quitó el tanga de satén negro y la dejó completamente desnuda.

Parecía que iba a devorarla, pero en lugar de darle otro beso ardiente, le levantó las caderas. Se puso entre sus muslos y le dio placer con las caricias de su lengua. Un orgasmo arrollador la dejó sin aliento.

–Oh... Trent –dijo ella en un suspiro.

Él se incorporó y se deshizo de los pantalones. Entonces la besó con fervor, acariciándole los pechos y mordisqueándole los pezones hasta hacerla gritar de placer.

Tocó cada palmo de su cuerpo, deslizando las manos arriba y abajo. Su tacto dejaba un rastro de fuego sobre la piel de Julia, que temblaba de pies a cabeza. Cada célula de su cuerpo lo deseaba con frenesí.

Trent se tumbó sobre ella y la penetró con su potente erección. Entonces empezó a moverse lentamente, abriéndose camino, dando rienda suelta a la lujuria. Empujó más fuerte y Julia enroscó las piernas alrededor de su cintura. La tensión aumentaba por momentos.

Trent la observaba desde una nube de placer. Él era tan poderoso, fuerte y atractivo que Julia tenía ganas de llorar.

–Estamos a punto de arder. ¿Estás lista?

Julia tragó con dificultad y asintió con la cabeza.

Entonces Trent hizo lo que mejor sabía hacer.

Y ambos ardieron en un río de lava.

Capítulo Nueve

Julia despertó de un placentero sueño a la mañana siguiente. Sabía que Trent ya se habría marchado. La luz del sol inundaba la habitación. Hacía mucho que había amanecido y él ya debía de estar trabajando en su despacho.

No podía quejarse. Había quedado totalmente satisfecha tras una larga noche de pasión. Y, sin embargo, habría querido despertarse a su lado.

Abrazó la almohada y deseó que fuera Trent. Entonces miró hacia el lado vacío de la cama y vio el pequeño sobre con el logo del Tempest West sobre la otra almohada. Su nombre estaba escrito en el centro.

Sonrió al reconocer la letra de Trent. Se incorporó y leyó el mensaje en silencio.

Anoche me dejaste muerto. Nos entendemos muy bien. Duerme. Nos vemos luego. Trent.

Julia volvió a doblar la nota y se levantó de la cama. Puso el sobre en un cajón de la cómoda y suspiró lentamente. Aquellas no eran las palabras de amor que había esperado leer, pero por lo menos habían progresado un poco. Entró en la ducha y disfrutó del chorro de agua caliente que le caía por el cuerpo. Se lavó el pelo, se frotó el cuerpo con una esponja natural impregnada con jabón de gardenias y se aclaró, completamente fresca y revitalizada.

Trent no era el único que había terminado muerto. Una noche en la cama con él equivalía a una dura sesión de gimnasio, y Julia habría querido pasar el día en la cama, reviviendo las sensaciones maravillosas que despertaba en ella.

Pero el deber la llamaba. Tenía trabajo que hacer y ya había perdido media mañana.

Eligió una falda con un estampado floral acorde a su estado de ánimo y se puso un suéter a juego. Sus joyas favoritas completaron el conjunto optimista y primaveral: un collar largo y pequeños pendientes de diamantes. Después de diez minutos con el rizador de pelo, logró formar delicados tirabuzones que le caían alrededor del rostro.

No sabía adónde iba su relación con Trent, pero ese día no iba a preocuparse por ello. Había decidido vivir el momento y dejar los problemas a un lado.

Un rato más tarde llamó a la puerta de Sarah Rose para llevarla a conocer la finca, tal y como le había prometido. La cantante abrió la puerta vestida con un pijama de seda. Tenía el cabello revuelto, como si acabara de levantarse.

–Buenos días –dijo Julia.

–¿Lo son?

Aquel comentario críptico la hizo levantar una ceja.

–Si es un mal momento, puedo volver después. Y no hay por qué hacerlo hoy.

Sarah abrió la puerta un poco más.

–Entra, Julia. Lo siento. Estoy un poco cansada. Anoche dormí poco.

–Oh, lo siento mucho. ¿No estabas cómoda? ¿Hay algo que no sea de tu gusto?

Sarah le quitó importancia con una sonrisa.

–No seas tonta. No soy una diva. El servicio y las instalaciones no pueden ser mejores. No podría... No podrían... ser más de mi gusto.

Se dejó caer en el sofá de cuero amarillo y se encogió de hombros.

–Fueron otras cosas las que me quitaron el sueño.

Julia creyó saber de qué se trataba.

–Oh... ¿fue Cody Landon? Trent y yo nos quedamos muy sorprendidos cuando vimos que ya os conocíais. Espero que no te haya molestado. Podemos...

Sarah levantó la mano.

–Julia, espera. No supongas. Estoy bien. Sabía que algún día podría encontrarme con él. Por favor, no pienses que tienes que hacer ningún cambio –dijo suavemente–. Es que verlo aquí ha sido toda una sorpresa.

–Yo vi tu reacción, Sarah –Julia se sentó a su lado y la miró a los ojos.

Sarah había estado a punto de desplomarse al verlo.

La artista cerró los ojos un instante.

–Code y yo... Bueno, nos conocemos desde hace mucho.

–Soy todo oídos, si lo necesitas. Pero no tienes que darme explicaciones.

Sarah sonrió con calidez.

–Gracias. Pero no importa, Julia. Es una vieja historia, y tampoco es muy emocionante –suspiró–. Si me das veinte minutos, estaré lista para el paseo.

La estrella cambió de tema con facilidad, pero Julia supo que había mucho más de lo que le había dicho.

–¿Por qué no te quedas y tomas algo de comer mientras me ducho?

Julia miró la encimera, cubierta de comestibles.

–Gracias. Tomaré unas fresas y un café. Te espero en el muelle.

Un rato más tarde Julia y Sarah, camuflada hasta las cejas, salieron a pasear por la finca. La última parada fue Destiny Lake.

–Aquí es –dijo Julia–. Montaremos el escenario en el muelle y las sillas de los invitados estarán a unos metros de distancia. No habrá más de trescientos asientos. Nada de prensa, ni flashes, ni coristas. Será una noche íntima con tus seguidores.

Sarah se quitó las gafas y contempló el lago resplandeciente.

–Ya no recuerdo cómo era cantar para un pequeño público. Lo echo de menos. La idea del muelle me gusta.

–Después, si no te importa, puedes saludar a los invitados y firmar algunos autógrafos en la fiesta íntima que daremos después del concierto. Tendrás el mejor despliegue de seguridad en todo momento.

–Está bien. Pero no se lo diré a mi mánager. Tomaría el primer avión con destino a Arizona. Confío en ti, Julia. Y estoy deseando hacer esto.

–Gracias. No te defraudaremos. Queremos que esta sea una grata experiencia para ti y para nuestros huéspedes.

–Creo que así será –dijo Sarah. Su voz estaba llena de emoción y Julia sabía que todo tenía que ver con Cody Landon.

Cuando Julia entró en el despacho, Trent estaba enfrascado en el trabajo. Con la cabeza baja, leía unos proyectos con máxima concentración.

–¿Kim, puedes traerme los informes del último mes?

–No soy Kim –dijo Julia, cerrando la puerta y avanzando hacia el escritorio.

Trent levantó la vista y sonrió.

–Vaya –se levantó de la silla y fue a recibirla–. Estás radiante –la tomó de la mano y le dio un beso–. Y sabes mejor que el azúcar.

–¿Halagos, señor Tyler?

–La pura verdad.

Julia se acarició la barbilla y disfrutó de una nueva sensación. Lo había rechazado durante muchos meses y tenía que recuperar el tiempo perdido. Se puso de puntillas y le devolvió el beso.

–Me alegro.

Él sonrió y miró los informes que estaban sobre la mesa.

–Tengo mucho trabajo, pero me alegro de que hayas venido –le acarició el cuello–. ¿Estás bien después de lo de anoche?

El recuerdo de la noche anterior la dejó sin respiración.

–¿No me ves bien? –susurró.

Trent le deslizó las manos por la espalda, le levantó la falda y le agarró el trasero. Chispas incandescentes le recorrieron el cuerpo a Julia.

–Maldita sea, Julia. Tengo una reunión dentro de media hora y todavía tengo mucho que hacer. Si no, te demostraría lo bien que te veo.

Enredada en las caricias de Trent, Julia intentaba atrapar sus pensamientos.

–Lo siento, pero... Yo, eh... He venido por un motivo. Es un asunto de negocios, pero puede esperar. Te dejo para que termines el trabajo –dijo, y se apartó con reticencia.

Él la agarró y tiró hacia sí.

–Trent –suspiró ella.

–Ven a verme esta noche. A mi casa –le dijo, mirándola a los ojos–. Quiero estar contigo.

Julia tragó con dificultad y asintió lentamente, sosteniéndole la mirada mientras retrocedía.

–A las siete. No llegues tarde.

Julia salió del despacho. La cabeza le daba vueltas y las piernas le fallaban, pero su corazón daba pálpitos de júbilo.

No tenía por qué hacerse de rogar. Sabía lo que él quería y estaba dispuesta a dárselo. Se puso un vestido fucsia de Zac Posen, unos taconazos de vértigo, un collar de perlas negras y pendientes de lágrima. Se hizo un sofisticado moño y aseguró los mechones con una horquilla con incrustaciones de ónix. Tras mirarse en el espejo, agarró el bolso y salió de la habitación.

Lo había arreglado todo para que Sarah cenara con Kim. Así podrían repasar algunos detalles de los conciertos. Julia sonrió al recordar la cara de Kim.

–¿Quieres que cene con Sarah? ¿Las dos solas?

–Sí, creo que le gustaría conocerte. Y tú me harías un gran favor.

Julia no había pensado hacerle de canguro durante toda su estancia, pero después de la conversación que había mantenido con la cantante había pensando que no le vendría mal distraerse un poco. Y así ella dormiría mejor sabiendo que no tenía que preocuparse por las actividades de Sarah esa noche.

Eso si lograba dormir.

Sonrió al pensar en esa posibilidad.

Trent le había dejado el todoterreno a su disposición y se había disculpado por no poder recogerla.

Julia condujo hasta la casa de Trent, aparcó delante y salió del coche. Salía humo de la chimenea. Aquel entorno acogedor invitaba a pasar una noche de calor y seducción. Un escalofrío le recorrió el cuerpo al acercarse a la puerta.

Llamó y esperó.

Volvió a llamar.

–Trent.

Él abrió con el teléfono pegado al oído.

–Sí, eso es. Tengo que viajar esta noche. En cuanto puedas preparar el avión.

Le hizo gestos a Julia para que entrara. Con el corazón en un puño, ella entró en la casa. Había velas encendidas sobre la repisa de la chimenea. Un hermoso resplandor dorado iluminaba la habitación. Había tres jarrones llenos de rosas rojas y su aroma sutil impregnaba el aire.

Mientras hablaba, Trent atizó la lumbre. A continuación apagó todas las velas y dejó a oscuras la habitación, solo iluminada por el sol del atardecer.

Cuando terminó de hablar, cerró el móvil y fue hacia Julia.

—Lo siento –la agarró de la mano–. Acaba de llamarme Evan. El parto se ha adelantado. Es prematuro.

Julia contuvo el aliento.

—Oh, no. Es demasiado pronto. Todavía le quedan meses.

—Le subió la tensión por las nubes y por eso han surgido problemas.

Julia se quedó sin respiración.

—¿Problemas? ¿Quieres decir que Laney está en peligro?

—Eso creo. Los dos. Nunca he oído así a Evan –Trent se frotó la nuca y habló con mucha preocupación–. He dejado al mánager a cargo del hotel. El piloto está preparando el jet. Tengo que estar allí. Evan me necesita.

—Yo también voy –dijo ella, decidida, sin esperar a ser invitada–. Tengo que ver a Laney –añadió, con terror y lágrimas en los ojos–. Ella quiere tanto a ese bebé, Trent...

—Lo sé. Los dos lo quieren.

—¿Tengo tiempo de hacer la maleta?

Él sacudió la cabeza.

—No, te compraré una chaqueta y todo lo que necesites cuando lleguemos a Los Ángeles. Tenemos que ir a la pista.

Trent fue hacia su habitación a toda prisa. Salió con una pequeña bolsa y una chaqueta de ante marrón que le puso en los hombros a Julia. El abrigo era enorme, pero ella se sintió extrañamente cómoda con él.

–¿Lista? –le preguntó él. Le cerró la chaqueta y le dio un beso en la frente.

Ella asintió lentamente, llena de miedo.

–Vamos.

Un rato después llegaron a Los Ángeles. El chófer los llevó directamente al hospital. Entraron a toda prisa y Trent habló con una enfermera, pero ella les dio muy poca información.

Evan Tyler estaba con su esposa.

Después de media hora de espera insoportable llegó Evan. Trent le dio un emotivo abrazo, pero Julia se mantuvo al margen. El hermano de Trent tenía el rostro descompuesto y los ojos inyectados en sangre.

Ella rezó en silencio.

–No hay cambios –dijo Evan.

Julia se levantó y le dio un efusivo abrazo.

–Lo siento mucho. Laney parecía tan saludable en Arizona... ¿Saben qué lo ha provocado?

Cansado, Evan se pasó la mano por la cara.

–Nadie lo sabe. A veces estas cosas pasan. Ayer se sentía muy bien. Acabábamos de terminar de decorar la habitación del bebé y ella estaba muy contenta. Cuando se despertó de la siesta, se sentía muy débil, y entonces empezó a tener dolores. Eso es todo lo que sé. La traje enseguida y... y...

Julia le tomó la mano a Evan.

–Va a salir de esto. Lo sé, Evan. Mi mejor amiga es muy fuerte.

Evan asintió con la cabeza, pero el miedo que había en su mirada lo traicionaba. Se volvió hacia Trent.

–¿Llamaste a mamá?

–Sí. Le dije que se quedara tranquila, que yo la mantendría informada.

–¿Y crees que lo hará? –preguntó Evan.

Trent hizo una mueca.

–Claro que no. Tomará el primer vuelo. Me sorprende que no haya llegado antes que nosotros.

–A mí también –añadió Evan.

–Pareces muy cansado. Siéntate. Te traeré algo de comer –dijo Trent.

–No, no tengo tiempo. Tengo que volver.

–Vamos, Ev. A Laney no le hará ningún bien que te desmayes.

–Un café –dijo, señalando una máquina de café que estaba en una esquina de la sala de espera.

–De acuerdo. Solo café. Te ayudará a mantener las fuerzas –dijo Trent, y fue hacia la máquina. Sacó dos cafés. Le dio uno a Evan y el otro a Julia.

–Sentémonos un momento –dijo, intentando mantener la calma–. Julia está agotada.

Ella abrió la boca para protestar, pero Trent le lanzó una mirada que la hizo desistir. Evan se sentaría con ella si creía que necesitaba descansar.

Julia se dejó caer en una silla y los hermanos se sentaron a su lado. Evan no le dio más que un par de tragos a su café antes de volver a levantarse.

–Tengo que ir a ver a mi esposa.

Trent también se puso en pie.

–Estoy aquí, si necesitas cualquier cosa.

–Lo sé. Siempre puedo contar contigo, Trent.

Julia se levantó y volvió a abrazar a Evan, dándole todo su apoyo.

Cuando el hermano de Trent se marchó, este miró a Julia y frunció el ceño.

–Estás temblando.

–Estoy asustada –sus ojos se nublaron otra vez y tuvo que contener las lágrimas.

Trent tomó la chaqueta de la silla y se la volvió a poner sobre los hombros. La atrajo hacia sí, la estrechó entre sus brazos y el tiempo se detuvo.

Acurrucada en su calor, Julia cerró los ojos y rezó por aquel bebé inocente y por su mejor amiga. Trent la hizo sentarse y así, al abrigo de sus brazos protectores, se dejó llevar por el sueño, a veces interrumpido por lejanos ruidos de hospital, voces distantes y la campana del ascensor.

Él no dejó de abrazarla ni un instante y ya era más de medianoche cuando Evan salió de la habitación de Laney.

Trent la tocó suavemente y Julia se incorporó.

–Le ha bajado un poco la tensión, pero todavía no está estable –dijo Evan–. Le han dado un sedante para que durmiera un poco, y el bebé parece estar bien –dijo con esperanza–. No la dejaré. Me he instalado en su habitación. Vosotros tenéis que descansar. Os llamaré por la mañana.

–¿Estás seguro? Podemos quedarnos –dijo Trent.

–Estoy seguro. Tienes que llevar a Julia a casa.

–Prométenos que nos llamarás si hay algún cambio –dijo Julia, que no quería irse del hospital.

–Lo prometo. Esta noche no podéis hacer nada. Volved por la mañana –se sacó las llaves del coche del bolsillo y se las dio a Trent–. Llévate mi coche.

Trent le apretó el hombro a Julia con fuerza y asintió con la cabeza.

–Volveremos pronto.

Capítulo Diez

Con la mirada perdida en el horizonte, Julia no dijo ni una palabra en todo el camino. Trent la llevó a su piso.

No era justo que Laney y Evan tuvieran que pasar por algo así. El comienzo de su relación había sido tumultuoso, y Laney había llegado a pensar que jamás podría confiar en Evan. Y, sin embargo, en ese momento le habría confiado su propia vida.

Julia respiró profundamente y suspiró con cansancio. Incapaz de contener las lágrimas por más tiempo, las dejó correr por sus mejillas.

Trent puso la mano sobre la de ella y ese simple gesto la conmovió profundamente. Miró hacia él y su corazón se llenó de cariño.

Preocupado, Trent esbozó una sonrisa fugaz y le apretó la mano.

El resto del viaje transcurrió en silencio. Él aparcó delante del edificio de apartamentos, apagó el motor y se inclinó hacia ella. Entonces le secó las lágrimas con la yema del pulgar, salió del coche y le abrió la portezuela.

Cuando Julia bajó a la acera, él la tomó de la mano y la acompañó hasta su puerta.

—¿Estarás bien esta noche?

Julia pestañeó y se dio cuenta de que Trent no tenía pensado quedarse.

–Yo... –empezó a decir, pero entonces supo que no quería jugar a ningún juego y le habló con franqueza–. No quiero estar sola, Trent.

Quería estar con él, dormir a su lado, acurrucarse en sus brazos, sentirse protegida y segura...

–Quiero que te quedes conmigo.

Trent asintió.

–De acuerdo, cariño. Quería dejarte descansar. La noche ha sido muy larga.

–Dormiré mejor sabiendo que estás aquí.

–¿Me estás diciendo que soy mejor que un vaso de leche caliente?

–Y mejor que contar ovejas –dijo ella al abrir la puerta–. Aquí estamos.

A Julia le encantaba su apartamento. La luz del sol arrojaba un cálido resplandor sobre las habitaciones durante el día y el brillo de la luna les daba un romántico baño de plata por la noche. El apartamento tenía un toque sutilmente femenino, pero los muebles eran robustos y resistentes.

Trent entró tras ella y miró a su alrededor.

–Ya me acuerdo. Un lugar muy agradable. Pero no salimos mucho del dormitorio, ¿verdad?

Julia se había dejado deslumbrar por aquel despampanante vaquero texano y se había entregado por completo a aquella aventura después de la boda de Laney. Aquella Julia eficiente, precavida y cabal no solía cegarse de esa manera, pero Trent y ella habían encajado como dos imanes, atraídos por una fuerza incontrolable.

–No –contestó ella, recordando su comportamiento atrevido. Se había arrojado a los brazos de un extraño con desenfreno y lujuria.

Una ola de calor inundó sus mejillas y la hizo cambiar de tema.

–¿Tienes hambre?

–No –Trent fue hacia ella. La tomó en brazos y la llevó a la habitación–. Estamos exhaustos. Tenemos que descansar.

La dejó sobre la cama con sumo cuidado y le dio un beso delicado. Entonces le puso las manos en los hombros y la hizo darse la vuelta. Le bajó la cremallera del vestido.

–Cuando me imaginé haciendo esto, no pensé que sería antes de arroparte en la cama.

Ella se volvió.

–¿Te imaginaste haciendo esto?

Trent se rio suavemente.

–Antes de verte con este vestido deslumbrante, ya me imaginé quitándotelo –le acarició el hombro y suspiró resignado–. Y ahora métete en la cama –dio media vuelta y fue hacia la puerta.

–¿Adónde vas?

–Necesito un trago. ¿Tienes la bebida en el mismo sitio?

Ella asintió, sujetándose el vestido sobre el pecho.

–La cerveza está en el frigorífico. El whisky en el bar. Trent... –dijo antes de que se fuera.

–¿Sí?

–Todo va a salir bien, ¿no?

–Algo me dice que sí –le hizo un guiño de ojos–.

Métete en la cama. Vuelvo enseguida –apagó la luz y la dejó sola.

Julia pasó quince interminables minutos dando vueltas en la cama y solo logró calmarse un poco cuando Trent regresó.

–Pensaba que ya estabas dormida –le dijo él tranquilamente, y se sentó a su lado.

–No puedo dormir. Estoy muy nerviosa.

Trent la rodeó en sus brazos.

–Yo también, pero no seremos de ayuda si no recargamos las pilas.

Julia se rio suavemente.

–¿Qué?

–Eres un vaquero muy gracioso, Trent Tyler.

–A ti te gustan los vaqueros.

Julia dejó escapar un largo suspiro.

–Suerte que tienes.

–Tengo suerte. Y ahora... duérmete –se acurrucó a su lado y le acarició el cabello.

–No sé lo que haría si no estuvieras aquí –dijo ella, y apoyó la cabeza sobre su hombro.

–Me alegro de estar aquí –contestó Trent con un exagerado acento texano.

Julia sonrió y le puso la mano en el pecho.

Los vaqueros no le gustaban, sino que le encantaban.

Uno en particular.

No tenía sentido negarlo más.

***

Trent se despertó al amanecer. Un halo de luz temprana se colaba por las ventanas. Julia seguía dormida sobre su pecho.

Aquella era una nueva experiencia para Trent. Él nunca había dormido con una mujer sin hacerle el amor. Jamás había llegado a comprometerse hasta ese punto. Parecía que siempre tenía algo que demostrar. Se había pasado media vida compitiendo con Brock, y como era el más pequeño había tenido que demostrarle a sus padres que era igual de capaz y digno de su amor.

Después de la trágica muerte de su padre, se había sentido perdido y lo había dejado todo durante un tiempo, pero Evan había tomado las riendas de la familia.

Entonces Trent había dejado de ser un niño mimado y había luchado por ganarse el mismo respeto que su madre sentía por el primogénito de los hermanos.

Lejos quedaban aquellos años, pero sus hermanos seguían sin creer en él y en el Tempest West, proyecto en el que él había volcado toda su ilusión y empeño.

Sin embargo, Julia había entrado en su vida; Julia, la mujer que podía salvar su empresa. Necesitaba su pericia y sus estrategias de marketing, y no se arrepentía de lo que había hecho para conseguirla. De hecho, lo habría hecho de nuevo de haber sido necesario.

En la cama no había otra como ella. Conectaban a un nivel superior y se fundían en uno solo cuando hacían el amor.

Ella le había dicho que era afortunado, y él no podía estar más de acuerdo. Tenía que hacer todo lo posible para que la suerte siguiera de su lado.

Julia se movió. Su aliento cálido y fresco invitaba

al amor. Trent suspiró y pensó en darse una ducha bien fría.

Ella se había mostrado tan vulnerable la noche anterior... Se había asustado, preocupado... Lo único que quería era abrazarla, consolarla y ayudarla a dormir. Una extraña sensación le atravesó el cuerpo y, afortunadamente, Julia se despertó en ese momento.

–Mm... –murmuró, levantando la cabeza–. Qué bien.

–¿Qué?

Ella sonrió, aún somnolienta.

–Despertarme contigo.

A Trent le gustaba demasiado la idea. En ese momento le gustaba todo de ella.

–Tenemos que ponernos en marcha –le dijo, dándole un beso rápido–. Si tardamos un poco más no te dejaré levantarte de esta cama.

Julia siguió su mirada y se arregló el camisón, que dejaba entrever una pizca de escote.

–Oh... Tienes razón. Haré café mientras te duchas. Podemos estar en el hospital antes de las siete si nos damos prisa.

En menos de una hora, Trent y Julia entraban en la sala de espera del hospital. Matthew Lowell estaba allí en compañía de Rebecca.

–¿Papá? –dijo Julia, mirando a su padre y a la madre de Trent.

–Rebecca me llamó anoche muy asustada. La recogí esta mañana en el aeropuerto.

–Hola, mamá –dijo Trent, y le dio un beso a su madre.

–Hola, Rebecca –la saludó Julia con cortesía–. ¿Cómo está Laney? ¿Y el bebé?

–Sin novedades, me temo –dijo Rebecca, que tenía los ojos irritados–. Evan dice que ha dormido un poco, pero si no logran estabilizarle la tensión, tendrán que hacerle una cesárea.

Trent notó angustia en la voz de su madre. Ella había perdido a su marido en la juventud y criado a tres niños sola. Las cosas nunca habían sido fáciles, pero ella nunca les había fallado. Sin embargo, temía por Laney y por su primer hijo, el nieto que llevaba años esperando.

–El niño es un Tyler. Saldrá de esto. Es fuerte. Seguro que es tan testarudo como Evan. E igual de duro.

Rebecca le agarró la mano.

–Tienes razón, Trent. Mis hijos son todos fuertes y saludables. Todos sois luchadores.

–Seguro que no habéis comido nada. Haré que nos traigan el desayuno –llamó al Tempest de Los Ángeles. Habló directamente con el chef del hotel y ordenó comida para el resto del día.

–Hay unas mesas en el patio. Podemos sentarnos a comer allí. Le diré a la enfermera dónde estamos. Voy a ver si puedo convencer a Evan para comer algo.

Un rato después, Trent se sentó en el patio en compañía de Julia, su madre, el padre de ella y Evan. Finalmente había logrado persuadirlo para que desayunara con ellos. El personal del Tempest había hecho un gran esfuerzo para prepararles una gran variedad de comidas en poco tiempo. Trent les dio las gracias a todos y también una generosa propina.

–La buena noticia es que han logrado bajarle la tensión –dijo Evan, comiéndose unos huevos revueltos y bebiendo café como si fueran los últimos que probaría en su vida–. Las contracciones han cesado –respiró hondo y sacudió la cabeza como si le horrorizara lo que podía haber pasado. Se terminó el café–. Laney está muy cansada ahora, pero quiere veros a todos después.

–Oh, eso es bueno –dijo su madre, aliviada.

Trent se alegró al ver que su madre se había comido todo el desayuno.

–Estoy deseando verla –dijo Julia–. Nos ha tenido muy preocupados.

–Laney es como una hija para mí –dijo Matthew–. Julia y ella siempre han sido como hermanas y yo he rezado mucho por ella y por su bebé.

–Tú y yo. Nunca me he sentido tan inútil en toda mi vida –dijo Evan, levantándose de la mesa–. Gracias por estar aquí. Significa mucho para nosotros. Os mantendré informados cuando el médico vuelva a examinar a Laney –se volvió hacia Trent–. Ven conmigo, Trent.

–Claro –sin pensárselo dos veces Trent se inclinó y le dio un beso en la mejilla a Julia–. Volveré pronto.

Julia miró a su padre y a Rebecca y les sonrió, un poco incómoda.

Trent y su hermano se dirigieron al ascensor.

–Te agradezco muchísimo que hayas venido y que te hayas ocupado de todo. Brock está a medio camino entre Nueva Orleans y Maui. Dijo que vendría, pero yo le dije que esperara. Me alegro de que estés aquí por mamá. Ella es más frágil de lo que parece –le dijo Evan a Trent.

–Tú ya tienes bastante. Tienes que cuidar de tu esposa y de tu hijo. Yo me ocuparé del resto.

–Te lo agradezco –se detuvieron junto al ascensor. Evan le agarró la mano y lo miró a los ojos–. Julia es una gran chica. No solo es la mejor amiga de Laney. Yo también la conozco un poco.

–Sí. Estoy de acuerdo. ¿Adónde quieres llegar?

–Las mujeres como ella no suelen aparecer así como así. Es un consejo de un experto. Laney y yo casi no lo conseguimos y ahora no me puedo imaginar la vida sin ella. Nada es más importante que lo nuestro. Si ella te importa de verdad, díselo. Eso es todo –apretó el botón del ascensor–. Piénsalo.

Cuando llegó el ascensor, Evan entró y las puertas se cerraron automáticamente. Trent se quedó inmóvil durante unos segundos. Las palabras de su hermano le retumbaban en los oídos.

–Disculpe, señor –dijo una señora mayor, tratando de apretar el botón del ascensor.

Trent se apartó rápidamente y se disculpó.

–Lo siento, señora –volvió al patio, pero cuando vio a Julia charlando con su madre sintió un nudo en el estómago. Dio media vuelta y salió al exterior.

Necesitaba un poco de aire.

Julia se sentó en la cama de Laney y la tomó de la mano. Los ojos de su amiga habían recuperado la luz y su rostro tenía algo de color. A la cuatro de la tarde ella y el bebé habían quedado fuera de peligro.

–Nos diste un susto de muerte, cariño.

–Lo siento. Todo ocurrió tan deprisa... Evan me ha dicho que estáis aquí desde ayer por la noche. Gracias. Nunca lo olvidaré.

–No podría estar en otra parte. Tenía que venir. Tienes buena cara, ¿pero cómo te sientes?

–Como si hubiera corrido una maratón –respondió, riendo suavemente–. Pero solo me importa que el bebé esté bien. Por ahora, seguiré en cama, pero no me quejo. Los médicos se han portado muy bien.

–Sí. Evan les ha puesto a todos firmes. Todo el mundo ha trabajado duro por su esposa.

–Los Tyler son así –dijo Laney con orgullo.

–No hace falta que me lo digas.

Laney asintió al cabeza.

–¿Estáis juntos Trent y tú?

–Depende de lo que signifique «juntos».

–Quiero decir... –dijo, bajando la voz–. ¿Estáis enamorados?

Julia cerró los ojos y los abrió rápidamente.

–Yo lo estoy. Locamente, pero Trent no habla de sus emociones. Yo no pienso en el futuro. No sé... Quiero decir que no sé lo que nos deparará.

–Oh, Jules, ese hombre tiene rocas en la cabeza.

–Duras rocas de granito –añadió Julia.

–Debería rendirse a tus pies. Según dice Evan, tú eres lo mejor que le ha pasado.

–Siempre me ha gustado Evan. Es un hombre inteligente –dijo, antes de salir en defensa del hombre que amaba–. Trent se ha portado muy bien desde que empezó todo esto. Tengo que decir que cuando me enteré de lo que había pasado me puse muy nerviosa, pero Trent se ocupó de todo. Él me tranquilizó y me dio consuelo. Parecía que siempre tenía las palabras adecuadas. Ha sido muy dulce y cariñoso. Nunca había visto esa faceta de él, pero me gusta mucho.

–Quizá sea el momento de plantarle cara, cielo. Dale algo en que pensar.

–Oh, Laney, por favor, no te preocupes por mí. Yo estoy bien –forzó una sonrisa. No quería darle motivos de preocupación a su amiga–. Estoy muy ilusionada con el Tempest West.

Julia pasó un rato hablando de Sarah Rose, de Ken Yellowhawk y de todas las novedades del hotel. Unos minutos después Evan entró en la habitación acompañado de Trent. Poco después llegaron Rebecca y el padre de Julia.

Julia salió de la habitación para dejarles sitio y diez minutos más tarde Trent se unió a ella en la sala de espera.

–Parece que está mejor –le dijo.

Julia asintió.

–Gracias a Dios. Tendrá que estar en cama durante un tiempo, pero a ella no le importa siempre y cuando el bebé esté bien.

–Debería volver a Arizona. Aquí ya no puedo hacer nada más. ¿Vienes conmigo?

Julia había decidido no dejar a Laney. Le había prometido a Evan que se quedaría un poco más para ayudarlo cuando le dieran el alta.

–No. Yo me quedo unos días para estar con Laney.

Trent la miró y entonces asintió. Su gesto era impenetrable.

–De acuerdo. ¿Me acompañas fuera? El chófer me va a recoger para llevarme al aeropuerto.

–Yo puedo llevarte –dijo ella.

Trent la agarró de la mano y le dio un ligero apretón. A Julia se le derritió el corazón.

Quizá tuviera la cabeza llena de piedras, pero había sido su apoyo principal en los momentos difíciles. Habría querido que admitiera sus sentimientos por ella, pero no podía negar lo bien que se había portado esa noche.

Seguramente fuera la primera vez que había dormido junto a una mujer, y esa había sido ella.

Julia salió con Trent. Él se detuvo en la acera y ella lo miró de frente, protegiéndose del sol con la mano.

–No sé qué habría hecho sin ti, Trent. Sabes lo asustada que estaba. Sin embargo, tú me mantuviste en pie. No has flaqueado ni un momento. Hoy te has portado genial con todo el mundo. Has cuidado de todos nosotros –sonrió con franqueza y, al mirar aquellos ojos oscuros, sintió una chispa de esperanza–. Solo quería darte las gracias antes de que te vayas.

Trent le dio un emotivo abrazo.

–Cariño, ¿es que no sabes que haría cualquier cosa por que no te fueras del Tempest West?

Le dio un apasionado beso en los labios a plena luz del día.

La limusina llegó a su hora, Trent subió al coche y se marchó.

Julia contuvo la respiración un instante.

Y entonces entendió lo que aquellas palabras significaban.

Capítulo Once

Tres días más tarde, Julia volvió al Tempest West y fue directamente al despacho de Trent. Quería terminar con todo de una vez por todas, y no se dejaría distraer por sus sentimientos. Había montado en cólera. Había llorado. Había repasado aquellas palabras una y otra vez, pero solo podían significar una cosa. Lo más duro de todo había sido ocultarle a Laney que le habían roto el corazón. Su amiga no necesitaba más disgustos después de lo que había pasado. Su tensión estaba estable y así tenía que seguir.

Cuando Trent se marchó, Julia dejó de contestar a sus llamadas y solo se comunicó con Kim para hablar de trabajo. No podía permitir que nada la disuadiera de su propósito.

Cuando llegó al despacho se detuvo y respiró profundamente. Él estaba allí. Siempre llegaba pronto por la mañana, antes que los empleados. Abrió la puerta y sorprendió a Trent. Él levantó la cabeza y arqueó las cejas, pero al ver de quién se trataba esbozó una sonrisa.

–Julia, he intentado hablar...

–Dimito –dijo, yendo hacia el escritorio y arrojando su carta de renuncia sobre la mesa–. Me quedaré tres semanas. Hasta que se vaya Sarah Rose. Pero después me iré.

Trent se levantó de golpe.

–¿Qué?

–Ya me has oído –dijo, manteniendo la calma–. Me voy, cuanto antes mejor.

–¿Pero qué te pasa?

Él tenía la culpa de todo. Estaba tan confundida que no era capaz de ver lo que estaba ante sus ojos. Trent la estaba utilizando para ganar terreno con el Tempest West, pero no sentía nada por ella. Nunca había dicho nada al respecto. Y lo que más rabia le daba era que ella misma había dejado que le hiciera daño.

–No quiero saber nada más del Tempest West, Trent. Ya no me necesitas. El hotel está al completo. Yo me he ocupado de ello, así que mi trabajo ha terminado.

Trent parecía confuso. Sacudió la cabeza.

–Desapareces tres días –le dijo, subiendo el tono–. No contestas a mis llamadas. Te he echado de menos como un loco y entonces vuelves y me dices que te vas. ¿Qué demonios está pasando aquí?

Julia no lo creyó cuando dijo que la había echado de menos. No podía creerlo. No era tan estúpida.

–¿Me has echado de menos? ¿Qué echaste de menos, Trent? ¿Que te hiciera la vida más fácil? ¿Que sacara al hotel de los números rojos? ¿Me echaste de menos en tu cama o me echaste de menos a mí?

Trent la miró fijamente, sin palabras.

–Me voy a quedar estas tres semanas, no por ti, sino por Sarah. Le prometí que estaría con ella. Hablaré contigo en todo lo referente al hotel, pero después me pagas y me voy. No vuelvas a acercarte a mí para nada. ¿Entendido, jefe?

Trent rodeó el escritorio lentamente, marcando los pasos y conteniendo la furia.

–¿Por qué, Julia? ¿Por qué haces esto?

Ella se rio suavemente ante aquella pregunta absurda.

«Porque te niegas a quererme», pensó.

–Me has utilizado, Trent. Y lo peor es que ni siquiera eres consciente de haberlo hecho. A ti no te importa nada excepto tu hotel. Eso es todo lo que te preocupa. Ya estoy cansada de eso.

–¿Has olvidado que has firmado un contrato? –le recordó con autoridad y soberbia.

–Ya no estoy sujeta a ese contrato –dijo, y sonrió, contenta de haberlo dejado claro.

Una vena empezó a palpitarle en las sienes a Trent.

–Podría...

–¿Demandarme? ¿Arruinar mi reputación? Adelante. Inténtalo. No tengo miedo de nada. Cualquier persona estaría encantada de contratarme. Tengo una reputación impecable y principios profesionales. Mi trabajo habla por sí solo.

Trent se frotó la nuca y habló con ecuanimidad.

–Julia, vamos. Estás enfadada por algo, pero no sé lo que es. Dime de qué se trata y yo me ocuparé.

–No lo entiendes. No puedes ocuparte de esto. Pero yo soy la única idiota porque me enamoré de ti.

Dio media vuelta y salió sin esperar a ver la reacción de Trent. No quería verla.

***

–Julia ha hecho un buen trabajo –dijo Pete Wyatt, acercándose a Trent.

Los invitados ya estaban en sus asientos y todo el mundo aguardaba la llegada de Sarah Rose. Trent se apoyó en un árbol y cruzó los brazos.

No había ni un sitio libre. Todos los huéspedes habían decidido asistir al concierto privado. En el ambiente de fondo sonaba la música de la estrella. El muelle de Destiny Lake había sido transformado en un escenario, rodeado de las flores y la vegetación salvaje de Crimson Canyon.

–Sí –dijo Trent, observándola a los lejos mientras ultimaba los preparativos.

Estaba tan hermosa... Llevaba una falda vaquera ceñida que encajaba en su esbelta cintura y una blusa rosa que acentuaba su tez bronceada. Se había vestido para la ocasión, con botas y todo.

A Trent se le hizo un nudo en el estómago. Julia no le hablaba. Esa misma mañana había hablado con Brock y con Evan. Las noticias volaban en la familia Tyler y todos sabían que Julia iba a marcharse. No obstante, Trent había evitado las llamadas de su madre. No tenía ganas de explicarle algo que ni siquiera podía explicarse a sí mismo.

Julia se colocó en el escenario, de cara a la multitud. Miró a todos los invitados con el rostro lleno de expectación y la música de fondo cesó. Entonces les dio la bienvenida al primer concierto exclusivo del Tempest West y fue recibida con una ronda de aplausos.

–Como saben, el Tempest West es un hotel de leyenda. «Vivan nuestra leyenda o creen la suya propia».

Pero antes de empezar, me gustaría contarles la historia que da nombre a este lago. Me gustaría hablarles de la lucha, de las esperanzas y los sueños de las personas que vivían aquí hace muchos años. Dice la leyenda que...

Julia habló desde el corazón, y todas sus palabras estuvieron cargadas de emoción. Cuando terminó de contar la leyenda, presentó a Sarah Rose y volvió su atención hacia las apacibles aguas del lago. La cantante estaba en un bote en mitad de las aguas resplandecientes, y dos vaqueros remaban rumbo a la orilla.

La estrella saludó a su público y ellos respondieron con infinidad de ovaciones. Los vaqueros la ayudaron a subir al muelle y le dieron la guitarra.

Sarah se sentó en un taburete al borde del muelle y comenzó a cantar. Su silueta se recortaba en una dorada puesta de sol.

Brillante.

Los invitados quedaron maravillados.

Trent miró a Julia y ella se volvió hacia él al mismo tiempo. Sus miradas se encontraron y entonces compartieron un breve instante de satisfacción. Juntos habían conseguido su objetivo.

De repente, la llama se apagó en los ojos de Julia y Trent parpadeó al ver la profunda tristeza que inundaba sus pupilas.

Ella se dio la vuelta y, en ese momento, Trent temió perder algo más preciado que el hotel. Julia lo amaba y no tenía que rebuscar en su propio corazón para saber que el sentimiento era mutuo. Evan y Brock se lo habían dicho bien claro, sin contemplaciones. Se había dejado cegar por la ambición y ya era demasiado tarde.

–¿Ya has encontrado a un nuevo capataz? –preguntó Pete con tranquilidad.

La pregunta irrumpió en sus pensamientos.

Trent asintió.

–Creo que Joe Hardy puede ocuparse.

Pete estuvo de acuerdo.

–Es un buen hombre.

–¿Seguro que quieres irte?

Pete suspiró y sacudió la cabeza.

–Es hora de volver a casa. Las cosas se han complicado más de lo que esperaba.

–¿Mujeres?

–Sí, y ya he tenido bastante. Te agradezco que me guardes el secreto. Te debo una.

Trent esbozó una sonrisa para su amigo.

–Sé dónde encontrarte.

Pete asintió.

Los dos hombres siguieron escuchando la melancólica melodía de Sarah Rose, una triste balada que hablaba de amor no correspondido.

–Te vas –le dijo Kim a Julia. Los males del corazón teñían de tristeza su expresión.

En el Tempest West era difícil guardar un secreto. El hotel era como una pequeña ciudad, y las noticias volaban. Julia miró a su nueva amiga mientras caminaban hacia el hotel, donde se celebraría la fiesta en honor de Sarah. Sabía que echaría mucho de menos a Kim.

Había muchas cosas del Tempest West que echaría de menos: los amigos, el trabajo, los desafíos, aquel entorno privilegiado... Su proyecto para el hotel no había hecho nada más que empezar, pero ella no iba a tener el placer de verlo completado. El concierto de Sarah solo era el primer paso, pero ya se había convertido en un gran éxito.

Puso el brazo sobre los hombros de Kim y juntas se dirigieron al Canyon Room.

—Va a ser duro sin ti —le dijo Kim.

Julia sentía lo mismo. Iba a echar mucho de menos a su nueva amiga, pero tenía que irse. No era capaz de olvidar el daño que Trent le había hecho y estaba llena de rabia hacia él.

Llevaba días sin apenas dirigirle la palabra.

—Sabes que siempre seremos amigas.

—Eso espero —dijo Kim.

—Hablaremos mañana. Ahora vamos a felicitar a Sarah —subieron las escaleras que conducían a la entrada posterior del hotel y entraron en el restaurante—. Creo que hoy necesita una amiga.

—Sí —dijo Kim—. Las chicas tienen que estar juntas.

Julia vio a Code Landon junto a la chimenea, observando a Sarah. La cantante hablaba animadamente con una pareja de recién casados. Kim y ella fueron a su encuentro y esperaron a que firmara los autógrafos antes de abordarla.

Julia la agarró del brazo y, cuando llegaron a un rincón del salón, le dio un sentido abrazo.

—Gracias, Sarah —susurró—. Estuviste maravillosa.

—Así es, Sarah. Todo el mundo disfrutó de la velada —dijo Kim.

—Yo disfruté mucho más de lo que imagináis —dijo

Sarah, llena de gratitud–. Casi había olvidado cómo era tocar delante de un público reducido. Así sí se puede conectar con la gente –tomó aire y continuó–. Siempre he pensado que sabía lo que quería en la vida –miró a Code con una pizca de arrepentimiento en los ojos–. Pero a veces, cuando somos jóvenes, no hacemos las cosas bien.

–Tienes toda la razón –dijo Kim.

Julia se echó a reír, pero entonces vio a Trent. El vaquero estaba al lado de Code, junto a la chimenea.

En ese momento pasó un camarero con una bandeja. Julia le detuvo y le dio una copa de champán a cada una.

–Brindemos –dijo, chocando su copa con las de Kim y Sarah–. Por ti, Sarah, por traer tu increíble talento al Tempest West, y por ti, Kim, mi nueva amiga. Chicas, por el futuro.

Las mujeres repitieron sus palabras y bebieron un sorbo de champán. Detrás de aquellas caras felices se escondían heridas sin cicatrizar.

Dos horas más tarde, Sarah se disculpó y abandonó la fiesta acompañada por los agentes de seguridad. Los asistentes se fueron retirando poco a poco, pero Julia se quedó para hablar con el personal.

–De acuerdo –dijo, cerrando su cuaderno de notas y dando por concluida la conversación. Los empleados se levantaron de la mesa–. Habéis hecho un buen trabajo.

–Y tú –dijo una voz familiar.

Julia se dio la vuelta y se encontró con Trent. Los empleados se marcharon rápidamente y pronto se quedó a solas con él en el Canyon Room.

–Solo hacía mi trabajo –apretó el cuaderno contra su pecho y echó a andar.

–¿Te vas? Intento darte las gracias, Julia.

–Ya lo has hecho –dijo ella, mirándolo a los ojos.

–Todavía no he terminado.

–Bueno, maldita sea. Me trae sin cuidado –Julia se detuvo, decidida a no discutir–. Estoy exhausta, Trent. Tengo que dormir.

–Julia, escucha. Tengo algo que decirte.

Trent habló con determinación, pero ella creía que no había nada más que hablar. Ya no podía confiar en él.

–¿Es algo de negocios?

–¡Maldita sea! ¡No! –se acercó a ella.

–Bueno, entonces, lo siento mucho. Pero no quiero escucharte. Creí haberlo dejado claro.

Trent se puso furioso. Ella había logrado enojarlo, pero ésa era la única manera de mantenerlo a raya y de impedirle que hiciera más daño.

Julia dio un paso a un lado y siguió de largo, pero su corazón se quedó atrás.

Dos días más tarde, Julia estaba en la cama, mirando por la ventana. La luz de la mañana arrojaba hermosos tonos dorados sobre Crimson Canyon.

Se había acostumbrado a aquellos amaneceres míticos y sabía que iba a echarlos mucho de menos. Solo le quedaban algunas semanas más antes de partir.

Suspiró con dramatismo. Se había pasado media noche llorando y la otra mitad maldiciendo a Trent

Tyler. Nunca había experimentado un dolor semejante, pero estaba orgullosa de haber sobrevivido. Sería capaz de marcharse con la cabeza alta, satisfecha con sus logros en el Tempest West.

Cuando sonó el móvil, Julia escuchó el tono musical durante unos segundos. No estaba de humor para hablar, pero el que llamaba no parecía darse por vencido. Miró el número. Era su padre. El día anterior le había dicho que iba a dejar su trabajo antes de tiempo y él le había sacado más información de la que ella quería darle.

Debía de estar preocupado por ella.

–Hola, papá –dijo al contestar, tratando de sonar optimista.

–Hola, cariño. ¿Cómo estás?

–He estado mejor, francamente, pero ya se me pasará.

Su padre se echó a reír.

–¿Quieres que vaya y le dé un puñetazo a ese vaquero?

–¡Papá! –la idea sonaba bien.

–Ah, Julia... Siento que no haya salido bien. Pero a veces es mejor así. No debes perder la esperanza.

–Lo sé, papá. Y no la voy a perder –le dijo, sospechando del optimismo de su padre–. Pronto estaré en casa y entonces... Me pondré en marcha. Tengo algunos contactos profesionales.

–Eso es bueno, Julia. Sé que mi pequeña encontrará la felicidad muy pronto.

Julia no albergaba tales esperanzas, así que guardó silencio.

–Tengo algo que decirte –dijo su padre–. Y espero que no sea el peor momento para decírtelo. No quiero causarte... Bueno, más disgustos, pero tampoco quiero que te enteres por otra persona. El caso es que Rebecca y yo vamos a empezar a salir en serio.

Julia cerró los ojos. No podía sino alegrarse por su padre. Sabía que llevaba mucho tiempo solo y la madre de Trent era muy agradable... Pero habría preferido no tener ningún lazo de unión con el dueño del Tempest West.

–Rebecca es una mujer encantadora, papá –dijo después de un largo silencio–. Me alegro por ti, pero... ¿Será un romance a larga distancia? ¿No será duro para los dos?

–No, me preocupa que sea duro para ti.

–No te preocupes por mí, papá. Yo estaré trabajando en otro sitio dentro de muy poco, y no tardaré en poner en orden mis sentimientos. Tú te mereces ser feliz.

–Gracias, cielo. ¿Entonces no tienes inconveniente?

–No, papá. Por mí no hay problema –le dijo con sinceridad.

No le quedaba más remedio que acostumbrarse, pues no tenía elección. Laney estaba casada con el hermano de Trent y su padre salía con la madre de él.

–Creo que Rebecca y tú sois muy... compatibles.

Su padre rio una vez más.

–¿Compatibles? Cariño, esa palabra es tan anticuada... Estamos locos el uno por el otro.

–¡Papá!

Él siguió riéndose.

–Somos mayores, pero aún podemos dar guerra. Yo

respeto mucho a Rebecca. Ella se va a quedar en el hotel de Evan, en Los Ángeles, para estar cerca de Laney y ayudarla un poco. Y yo iré a visitarla a Florida cada vez que pueda. Creo que las cosas funcionarán así.

–Entonces me alegro mucho por ti. De verdad.

–Gracias, cielo.

Cuanto terminó de hablar con su padre, Julia se levantó de la cama y decidió darse un baño. Las actuaciones de Sarah habían sido un éxito total, y el hotel estaba lleno a rebosar. Todas las instalaciones se usaban a tiempo completo, las tiendas de regalos y restaurantes tenían suculentos beneficios y todas las visitas guiadas a caballo estaban reservadas. A lo largo de la semana Ken Yellowhawk daría una serie de conferencias sobre arte nativo americano y clases prácticas en Shadow Ridge. Además, Julia ya había contratado a otro cantante para una estancia de seis semanas.

Se quitó el pijama de seda y se dirigió al baño. En ese preciso momento volvió a sonar el teléfono.

–Oh, por favor –se envolvió en una toalla y decidió no contestar, pero entonces miró el número y cambió de idea–. Hola, Sarah.

–Buenos días, Julia. Espero no molestarte.

–En absoluto –dijo, mintiendo otra vez–. No estoy haciendo nada.

–Qué bien –dijo Sarah, aliviada–. ¿Recuerdas que me dijiste que podía confiar en ti si necesitaba hablar?

–Sí, y la oferta sigue en pie.

–Odio tener que pedirte esto, pero... ¿Podrías dedicarme tiempo esta mañana? Tengo que hablar contigo. Ha ocurrido algo.

Sarah parecía tan confundida que Julia no lo dudó un instante.

–Claro, Sarah. Estaré encantada de hablar contigo. Solo dame media hora para ducharme y vestirme. Puedo estar en tu...

–¿Podemos vernos en el lago? Necesito... Necesito aire fresco. Estaré en el muelle.

Julia frunció el ceño. Sarah parecía muy nerviosa.

–Estaré ahí en treinta minutos –le dijo Julia.

–Oh, gracias. Y, Julia, quiero que sepas que te considero una buena amiga.

–Lo sé. Yo siento lo mismo. Te veo en un rato.

Julia se duchó rápidamente. Se puso unos vaqueros gastados, una camiseta que le había regalado Kim y las botas de piel. Se hizo una coleta y salió de la suite veinte minutos más tarde. Lo que Sarah tenía que decirle debía de ser importante y no quería llegar tarde. La cantante podía llegar a arrepentirse. Fuera lo que fuera, parecía delicado por teléfono. Por lo menos, ayudarla con su dilema la mantendría ocupada y le impediría pensar en sus propios problemas.

Julia fue la primera en llegar. Por suerte había poca gente en el embarcadero. La mayoría de los huéspedes estaba disfrutando del *brunch* en el patio o en Canyon Room. Julia contempló Destiny Lake. Una brisa fresca auguraba la llegada del invierno.

La vista era sobrecogedora. Las aguas cristalinas brillaban y Crimson Canyon resplandecía bajo el sol de la mañana. Julia respiró hondo y tragó en seco, pensando en los despachos sin ventana que la esperaban en casa.

Oyó unos pasos que se acercaban y se dio la vuelta rápidamente.

Era Trent, vestido con un traje negro, lazo texano y unas relucientes botas nuevas. Ella parpadeó y él sonrió.

–Hola, Julia.

Julia lo saludó con un gesto, sin salir de su asombro.

–Voy a ver a Sarah y necesito un poco de privacidad.

Trent suspiró.

–No. Sarah no va a venir. Y dice que lo siente mucho.

Julia volvió a parpadear, perpleja.

–¿Qué quieres decir?

–Yo se lo pedí. Te llamo por mí.

Julia debería haberse enfadado, pero eso resultaba difícil en ese momento.

–¿Por qué?

Trent se acercó un poco más. Le agarró la mano y se la llevó a los labios. Le besó las puntas de los dedos sin dejar de mirarla a los ojos.

–Porque te quiero. Y necesitaba que lo supieras.

–¿Me quieres? –una ola de calor le recorrió el cuerpo a Julia.

–Sí, Julia. Con todo mi corazón.

Julia quería creerlo, pero Trent nunca le había ofrecido ningún tipo de amor. ¿Cómo iba a confiar en un hombre que había hecho todo lo posible por atarla al Tempest West?

–Te estoy pidiendo que te cases conmigo, Julia. Sé mi esposa. Ten hijos conmigo.

Un pequeño rayo de esperanza le iluminó el corazón a Julia.

–Oh, Trent...

Él se sacó una cajita del bolsillo, la abrió y le ofreció un anillo de diamantes que brillaba con mil destellos.

Trent esperó una respuesta, pero Julia se había quedado sin palabras.

–Mi amor y el anillo van junto con esto –le dijo entregándole un documento.

Julia leyó el título.

«Acuerdo prenupcial...».

Al ver aquello sintió el picor de las lágrimas en los ojos. Trent seguía siendo el mismo. La quería a su manera e incluso había llegado a proponerle matrimonio para hacer que se quedara.

Comenzó a temblar de pies a cabeza y la rabia reemplazó a la humillación.

–¿Cómo te atreves, Trent Tyler? ¡No me conoces en absoluto! ¿Crees que una mujer necesita un contrato para una propuesta de matrimonio? ¿Crees que no sé que harías cualquier cosa por este hotel? ¡No me amas! Yo solo soy un pasaporte hacia el éxito. ¡Eso es todo! –levantó los brazos en un gesto de frustración y dio media vuelta antes de dar un espectáculo.

Cerró el puño y arrugó el documento.

–¡Espera! –gritó Trent.

Julia se detuvo al borde del muelle.

–Léelo, por favor. Léelo y verás que soy sincero.

Había algo en su tono de voz que atravesó la ira y llegó a su corazón. Todavía temblando, estiró el papel y leyó el contenido.

Mi amada Julia: por la presente declaro que te amo profundamente. Necesito que aceptes ser mi esposa, la madre de mis hijos y la compañera de mi corazón. Por ello manifiesto mi deseo de compartir todos mis bienes contigo y te libro de la obligación de trabajar para mí... a menos que esa sea tu elección. Te amo más que a nada en el mundo. Julia, eres un milagro.

Trent

Julia se dio la vuelta y allí estaba él, mirándola. Lágrimas de júbilo corrieron por sus mejillas cuando vio la verdad en los oscuros ojos de Trent. Él la amaba...

–¿Lo dices en serio?

Él asintió y la estrechó en sus brazos.

–Sí. Todas y cada una de esas palabras. Te quiero, Julia. No puedo imaginarme la vida sin ti.

–Oh, Trent. Yo también te quiero. Mucho.

–¿Entonces te casarás conmigo?

Ella asintió.

–Sí. Me casaré contigo.

–Bien –dijo él, poniéndole el anillo–. Tu padre me dijo que aceptarías, pero yo tenía mis dudas.

–¿Mi padre?

–Lo llamé anoche y le pedí tu mano.

–¿Lo hiciste?

Eso explicaba la extraña actitud de su padre. No la había llamado solo para hablar de Rebecca. Él estaba al tanto de las intenciones de Trent.

Julia sonrió.

–Estoy impresionada.

–Espero pasar toda la vida impresionándote.

–Lo estoy deseando –dijo ella, acurrucándose en sus brazos.

Trent se inclinó y le dio un beso lleno de amor y promesas; un beso que auguraba un futuro feliz. Entonces le puso las manos sobre los hombros y la hizo darse la vuelta hacia las aguas de Destiny Lake.

–Hemos tenido otra oportunidad, como dice la leyenda. Hemos vivido la leyenda.

Julia se recostó contra él y suspiró.

–Y ahora crearemos la nuestra.

Conquistando al jefe

Joss Wood

Cuando el productor de cine Ryan Jackson besó a una hermosa desconocida para protegerla de un lascivo inversor, no sabía que era su nueva empleada ni que se trataba de la hermana pequeña de su mejor amigo. La única forma de llevar a cabo su nueva producción era fingir una apasionada relación sentimental con la única mujer que estaba fuera de su alcance. Entonces, ¿por qué pensaba más en seducir a Jaci Brookes-Lyon que en salvar la película?

Un inesperado beso levantó una llama de pasión

¡YA EN TU PUNTO DE VENTA!

Acepte 2 de nuestras mejores novelas de amor GRATIS

¡Y reciba un regalo sorpresa!

Oferta especial de tiempo limitado

Rellene el cupón y envíelo a
Harlequin Reader Service®
3010 Walden Ave.
P.O. Box 1867
Buffalo, N.Y. 14240-1867

¡Si! Por favor, envíenme 2 novelas de amor de Harlequin (1 Bianca® y 1 Deseo®) gratis, más el regalo sorpresa. Luego remítanme 4 novelas nuevas todos los meses, las cuales recibiré mucho antes de que aparezcan en librerías, y factúrenme al bajo precio de $3,24 cada una, más $0,25 por envío e impuesto de ventas, si corresponde*. Este es el precio total, y es un ahorro de casi el 20% sobre el precio de portada. !Una oferta excelente! Entiendo que el hecho de aceptar estos libros y el regalo no me obliga en forma alguna a la compra de libros adicionales. Y también que puedo devolver cualquier envío y cancelar en cualquier momento. Aún si decido no comprar ningún otro libro de Harlequin, los 2 libros gratis y el regalo sorpresa son míos para siempre.

416 LBN DU7N

Nombre y apellido	(Por favor, letra de molde)
Dirección	Apartamento No.
Ciudad	Estado	Zona postal

Esta oferta se limita a un pedido por hogar y no está disponible para los subscriptores actuales de Deseo® y Bianca®.
*Los términos y precios quedan sujetos a cambios sin aviso previo.
Impuestos de ventas aplican en N.Y.

SPN-03   ©2003 Harlequin Enterprises Limited

Bianca

¡Nueve meses para reivindicar lo que era suyo!

Para Cassandra Rich trabajar de jardinera en la Toscana era la mejor manera de escapar de su pasado. Hasta que el dueño de la finca honró a la casa con su presencia y a Cassandra con su atención. Marco di Fivizzano no podía apartar la mirada de la deliciosa Cass. Y, cuando la invitó a ser su pareja en una gala benéfica, descubrió quién era aquella rubia ardiente, tanto durante la cena, como después en la cama.

Cass floreció entre los brazos de Marco y encontró en ellos la libertad que siempre había ansiado… hasta que descubrió que estaba embarazada y atada al multimillonario para siempre.

ATADA A ÉL
SUSAN STEPHENS

Una noche para amar
Sarah M. Anderson

Jenny Wawasuck sabía que el legendario motero Billy Bolton no era apropiado para una buena chica como ella. Sin embargo, cambió de parecer cuando vio el vínculo que Billy estaba forjando con su hijo adolescente.

Por si fuera poco, sus caricias le hacían arder la piel. De modo que decidió pujar por él en una subasta benéfica de solteros.

Billy tenía una noche para conquistar a la mujer que ansiaba. Pero, en un mundo lleno de chantajistas y cazafortunas, ¿tenían el millonario motero y la dulce madre soltera alguna oportunidad de estar juntos?

*Sus besos le despertaban
un deseo largamente dormido*

¡YA EN TU PUNTO DE VENTA!